阅读
无障碍本

古典名著犹如世代相传的火种，它点亮了人类的智慧和情感。古典名著阅读无障碍本，是通过我们对古典名著的解读、注音、注释、翻译等，让广大的一般读者在阅读过程中，减少一些学习古代经典的障碍，让其在较短的时间里穿透深邃的历史时空，和古人的心灵相接、相励！

纳兰词

王友胜 童向飞 校注

岳麓書社·长沙

图书在版编目(CIP)数据

纳兰词/(清)纳兰性德著. —长沙:岳麓书社,2012.9(2022.10 重印)
(古典名著阅读无障碍本)
ISBN 978-7-80761-387-9

Ⅰ.①纳… Ⅱ.①纳… Ⅲ.①词(文学)—作品集—中国—清代
Ⅳ.①I222.849

中国版本图书馆 CIP 数据核字(2012)第 182991 号

NA LAN CI
纳兰词
校　　注:王友胜　童向飞
责任编辑:彭卫才
封面设计:吴颖辉

岳麓书社出版发行
地址:湖南省长沙市爱民路 47 号
直销电话:0731-88804152　0731-88885616
邮编:410006

版次:2012 年 9 月第 1 版
印次:2022 年 10 月第 6 次印刷
开本:890mm×1240mm　1/32
印张:7.75
字数:158 千字
印数:28 001—31 000
ISBN 978-7-80761-387-9
定价:35.80 元

承印:廊坊市博林印务有限公司

如有印装质量问题,请与本社印务部联系
电话:0731-88884129

导　读

词起源于隋唐之际，形成于晚唐五代，登峰造极于两宋，衰微于元明，至清代则再度兴盛，兼之此间词学理论研究发达，故词在历经千年之演进与发展后，终于在封建末世——清朝出现了一个中兴繁荣的局面。而在清初词坛振衰起弊、导夫先河的一批作家中，就有被况周颐《蕙风词话》许为“国初第一词人”的满族词人纳兰性德。

纳兰性德（1654—1685）原名成德，因避太子允礽的嫌名而改性德。字容若，别号楞伽山人，正黄旗满洲人，生于北京。性德的远祖与满清皇室既是姻亲，又有世仇。其曾祖父金台石是东北一个势力强大的部落首领，后被清太祖努尔哈赤打败，自焚身亡；曾祖姑嫁给了努尔哈赤，生太宗皇太极。父纳兰明珠再振家业，因其善于逢迎，仕途亨通，由内务府总管、刑部尚书，一直做到武英殿大学士、太子太师等职，声威显赫，权倾朝野。

性德的一生正是乃父横征暴敛、炙手可热的时期。明珠虽卖官鬻爵，贪婪无比，然附庸风雅，喜爱藏书。性德因此得读大量文史典籍，加上天资聪颖，故少年时期即表现杰出的才华。徐乾学在《通议大夫一等侍卫进士纳兰君墓志铭》中即谓其“自幼聪颖，读书一再，过即不忘；善为诗，在童子已句出惊人，久之益工。”康熙十年（1671）十七岁以文学补诸生、进太学，次年中顺天乡试举人，座师即经史学家徐乾学。十九岁会试中式，因“寒疾”未能参加后来的廷对。其后几年，发愤读书，“益肆力经济之学，熟读《通鉴》及古人文辞，三年而学大成”（徐乾学语）。康熙十五年（1676）二十二岁时应殿试，因“条对剀切，书法遒逸”，赐进士出身。因属皇帝近亲，被康熙授予三等侍卫的官职，后晋升为二等、一等侍卫，直到三十一岁去世，在这个岗位上干了九年。侍卫是皇帝的贴身随从，官职虽不大，但能经常扈驾出巡，陪奉狩猎、避暑与祭祀，显然不是一般的清要之职可比。性德先祖以武功取天下，他“数岁即善骑射，自在环卫，益便习，发无不中”（徐乾学语），其父明珠亦曾是御前侍卫，这些条件即是性德长期担任侍卫之职的原因。

性德勤于笔耕，他在短暂的人生历程中创作了大量的作品，所著《通志堂集》，包括赋一卷，诗、词、文、《渌文亭杂识》各四卷，杂文一卷。其文学主张散见于《渌文亭杂识》、致友人的书牍、诗词及《原诗》《赋论》等专论中；其诗多描绘山水田园自然景物，长于七绝，《西苑杂咏》四十首，《四时无题诗》十六首皆为七绝组诗。其文多经解序录，风格古朴质实。又工书法，对经史很有研究，曾受乃师徐乾学之助收集宋元来解释儒家经典的书籍凡一百四十多种，编刻成《通志堂经解》。又与挚友顾贞观合编清初三十家词集为《今词初集》。然其创作成就最高，对后世影响最大的是他的词。徐乾学《通志堂集序》曾转述纳兰的话“性喜作诗余，禁之难止”。所存三百四十余首词中，以小令最佳。顾贞观《纳兰词序》谓其“所为乐府小令，婉丽清凄，使读者哀乐不知所主”。曹雪芹的祖父曹寅曾写诗说“家家争唱《饮水词》”，足见其词声誉之高。

性德的生活经历比较简单，没有一般文人那种政治上大起大落、南羁北宦甚至充军流贬的痛苦遭遇，加上年寿不永，长期扈从康熙出巡，无法与下层民众接触，因而其词的题材内容比较单调，没有展现清初激荡风云的时代变化。比较而言，《纳兰词》中最见特色、让人难忘的是他为亡妻卢氏而写的四十余首悼亡伤逝词。据叶舒崇《皇清纳腊室卢氏墓志铭》载，性德原配夫人为奉天人，其父卢兴祖为两广总督、兵部右侍郎、都察院右副都御史。她“生而婉娈，性本端庄，贞气天情，恭容礼典”，十八岁与纳兰性德结婚，康熙十六年五月三十日卒，生一子海亮。据性德《鹧鸪天》（尘满疏帘素带飘）序云：“十月初四夜风雨，其明日是亡妇生辰”，可知卢氏生日为十月初五，至于生于何年，我们已无从知晓。卢氏知书识字，温柔贤惠，性德经常将她与古代才女谢道韫相提并论，其《四时无题诗》十六首即是表达夫妻甜蜜幸福生活的记录。卢氏卒后，性德作了大量哀感顽艳的悼亡词来抒发他对卢氏的思念，可谓“悼亡之吟不少，知己之恨尤深”（叶舒崇《皇清纳腊室卢氏墓志铭》）。《青衫湿遍》《沁园春》（瞬息浮生）、《南乡子·为亡妇题照》《金缕曲·亡妇忌日有感》及《摊破浣溪沙》（欲语心情梦已阑）等，或睹物伤神，或直抒胸臆，或感慨生前，或寄托来世，情真语挚，凄婉动人，将晋代潘岳开创的悼亡诗，宋代苏轼、贺铸开创的悼亡词这类哀祭文学发展到极致。其友人顾贞观评《纳兰词》说“容若词一种凄婉处，令人不能卒读”，当指此类悼亡词。

性德还有一些表现与原配卢氏、继室官氏夫妻恩爱的词。《蝶恋花》（露下庭柯蝉音歇）描写洞房生活情景，《浣溪沙》（已惯天涯莫浪愁）、《相见欢》（微云一抹遥峰）写别后对妻子的思念，《天仙子》（梦里蘼芜青一剪）、《南乡子》（鸳瓦已新霜）则设想妻子对自己的想念，其情痴之极，可见一斑。

性德以贵介身份扈从康熙出巡到过许多地方，如京畿、塞外。值得一提的是他还曾北赴梭龙（今黑龙江境内）侦察敌情。

正是这些经历，使他创作了不少描写塞外景色的小令，如《蝶恋花·出塞》《忆秦娥·龙潭口》《采桑子·居庸关》等词——看词题即知是描写边塞景物的词。《长相思》（山一程）、《台城路·塞外七夕》抒发在塞外对故乡、故园与亲人友朋的思念，《沁园春》（试望阴山）描写边塞奇峰怪石、黄沙寒烟的壮阔场面。性德虽出身于钟鸣鼎食之家，又是御前侍卫，但他实际上并不满足于这个貌似尊荣实则庸碌的职位，厌倦仕宦的情绪萦绕心中，内心非常苦闷。在这样的心境下，他的边塞词多荒寒凄凉的景色，黄沙白茅、寒山恶水屡屡出现于他的笔端，其边塞词无雄浑激昂之格调，有感伤凄婉之氛围。唐宋以来，词多写男女、闺阁，而大量写边塞风光的，性德还是第一人，这是他对词创作的巨大贡献。

以上简要介绍性德的悼亡词、爱情词与边塞词，这自然是《纳兰词》中的精粹，但并不是全部内容。性德重友情，广交流，一时俊彦如朱彝尊、陈维崧、顾贞观、吴兆骞、严绳孙、梁佩兰、姜宸英、秦松龄、叶方蔼等都与性德有深厚情谊。性德的词集中，表现与这些人友情的词也不乏其例。再者，这些人大半是明朝遗少或世家子弟，感情上依恋前朝，受其影响，性德的词亦多个人身世之感与国家兴亡之恨。但这些词毕竟不是性德创作的主流。性德词创作的题材不广，思想境界不是很高，但艺术上炉火纯青，精工自然。性德的词少用生僻的典故与华丽的辞藻，往往用轻淡的语言表达浓郁的情感，读者有如饮美酒、如品芳茗的滋味。况周颐《蕙风词话》卷五说他“一洗雕虫篆刻之讥”，“纯任性灵，纤尘不染”。王国维《人间词话》中说他是“北宋以来，一人而已”，推崇的即是《纳兰词》“以自然之眼观物，以自然之舌言情”，真挚质朴，语淡情浓的特点。关于性德词的渊源，多谓其得南唐二主之沾溉，如陈维崧说他“得南唐二主之遗”，周之琦亦说他是“南唐李重光后身”。这些评语非惟与性德词创作的实际相吻合，还与性德自己的词学主张相一致，其《渌水亭杂识》卷四说：“花间之词，如古玉器，贵重而不适用；宋词适用而少贵重。李后主兼有其美，更饶烟水迷离之致。”性德的生平经历虽与李煜相去甚远，然其词的风格特色则庶几近之，这的确值得我们玩味。当然，也有说他的词效仿、学习北宋晏几道的，从两人的创作实际来看，这一说法也不为无据。

性德的词有时也注重艺术锤炼，长于描写人物外部细微动作，表达人物复杂心情。如《相见欢》（落花如梦凄迷）、《鹧鸪天》（背立盈盈故作羞）即是。同时，性德的词还有沉郁豪放、奇情壮采的一面，这正是他作为大手笔风格多样化的表现，不过这不是他创作的主流，故不拟饶舌。

性德的词在清初即声誉鹊起，在当时与他同样卓有影响的词人有陈维崧、朱彝尊和顾贞观。朱、陈的声望似乎更高，杨芳灿序手抄本《纳兰词》时即谓“倚声之学，唯国朝为盛。文人才子，磊落间起。词坛月旦，咸推朱、陈二家为最”。赵函序《纳兰词》汪元浩辑本时亦说“国朝诗人而兼擅倚声者，首推竹垞、迦陵”。不过，杨、赵二氏都对这一看法表达了异议，认为纳兰性德的成就与他们相若，主张三家鼎足。胡薇元《岁寒居词话》称他与朱彝尊、陈维崧鼎足词坛。前揭况周颐、王国维的评价则更高，抛开朱、陈二氏，许为清朝第一词人。推崇之甚，无以复加。

纳兰性德是一位颇有才华而又年寿不永的词人，他像天空的一颗流星，经过瞬间的光耀明亮后即归于沉寂消失。值得庆幸的是，他用生命与心血凝结而成的词作则似珍贵精美的宝石，永远熠熠生辉。

纳兰词以其成就卓著，清代以来不断有人刻印、选录及注释。纳兰生前曾将其部分词刻印为《侧帽词》。康熙十七年（1678），顾贞观与吴绮校定、刊印纳兰二十四岁前的百余首词为《饮水词》。康熙三十年（1691），其师徐乾学辑其遗稿为《通志堂集》，其中词四卷，计三百首，这是纳兰词首次全部结集。其友张纯修于同年亦刊印由顾贞观阅定的《饮水诗词集》，其中词三百零三首，道光二十五年（1843）张祥河曾翻刻此本。嘉庆二年（1797），袁兰村选刻《饮水词钞》，收词二百首。道光二十六年（1844），金梁外史曾选刻《饮水词》百余首。道光十二年（1832），汪珊渔辑词三百余首为《纳兰词》，厘为五卷，是为结铁网斋本。光绪六年（1880），许增在汪珊渔本的基础上增加词二十一首，计三百四十二首，成为比较完整的纳兰词集。康熙间三刻本均不易见，惟此本最为通行。民国二十六年（1937）陈乃乾编撰《清名家词》，其《通志堂词》又补充五首，计三百四十七首。

20 世纪 80 年代以来，纳兰词颇受学界注重，出现了几种校注本。如冯统校订的《饮水词》，张秉戍《纳兰词笺注》（每首含说明、注释），张草纫《纳兰词笺注》（每首含校勘、笺注），以及黄天骥选注的《纳兰性德和他的词》等。本书以清康熙刻本《通志堂集》为底本，注文参考了张秉戍、张草纫两位先生的同题之作《纳兰词笺注》。

目　录

集外词

梦江南[①]

江南好，建业旧长安[②]。紫盖忽临双鹢渡[③]，翠华争拥六龙看[④]。雄丽却高寒[⑤]。

注释

①此词及以下十首，均为作者于康熙二十三年（1684）九月至十一月扈驾南巡时所作。此首写南京。 ②建业：即今江苏省南京市，三国时吴定都于此，称建业，后东晋及南朝宋、齐、梁、陈、南唐、明均建都于此。长安：汉、唐两代均以长安为都城，故后人常以长安喻都城。这句是说建业本为旧都。唐李白《金陵》诗："晋家南渡日，此地旧长安。" ③紫盖：盖是车上用来遮阳蔽雨、形如伞状的用具，紫盖即紫色的车盖，是帝王出行的一种仪仗，这里代指帝王的车驾。鹢（yì）：水鸟，古人认为它能压水神，故在船两侧画上它的图案。双鹢即指船头绘有鹢鸟图像的船，此处指皇帝的游船。 ④翠华：用翠鸟羽毛作装饰的旗子，是帝王的一种仪仗，这里指皇帝的车驾。六龙：古代皇帝的车驾，用六匹马。马八尺称龙，故称六龙。 ⑤"雄丽"句：宋张孝祥《水调歌头·金山观月》："江山自雄丽，风露与高寒。"

梦江南[1]

江南好，城阙尚嵯峨[2]。故物陵前惟石马[3]，遗踪陌上有铜驼[4]。玉树夜深歌[5]。

注释

①此首亦写南京。 ②城阙：指南京的城廓宫阙。宫门前的望楼叫“阙”。嵯（cuō）峨：高峻貌。 ③“故物”句：唐杜甫《玉华宫》：“当时侍金舆，故物独石马。”陵，指明孝陵。④铜驼：铜铸的骆驼，西晋都城洛阳宫门外置铜驼。此指明孝陵前的石马。《晋书·索靖传》载，索靖预感天下将要大乱，指着铜驼说：将要看到你们倒在荆棘丛中了。故后世往往以铜驼寓历史兴亡之感。 ⑤玉树：指陈后主所作的乐曲《玉树后庭花》。陈后主荒淫奢侈，耽于声色，终致亡国。后人遂以《玉树后庭花》为亡国之音。

梦江南

江南好，怀古意谁传。燕子矶头红蓼月[1]，乌衣巷口绿杨烟[2]。风景忆当年。

注释

①燕子矶：地名，在南京市东北郊，长江边上，三面悬绝临水，形如飞燕，因而得名，是南京名胜。红蓼：草名，每年秋天开淡红色的花。 ②乌衣巷：地名，在今南京市东南，东晋时王、谢等望族居于此。

梦江南[1]

江南好，虎阜晚秋天[2]。山水总归诗格秀[3]，笙箫恰称语音圆[4]。谁在木兰船[5]？

注释

①此首写苏州。康熙于康熙二十三年十月二十六日到达苏州，二十七日游虎丘。　②虎阜：即虎丘山，在江苏省苏州市西北阊门外，春秋时吴王阖闾即葬于此地。相传葬后三日有虎踞其上，因而得名，是苏州名胜。　③诗格：诗歌风格。这句说能写出秀美的诗句是由于山水的秀丽。　④语音圆：苏州方言圆润柔美，被称为“吴侬软语”。这句是说动听的笙箫之音与柔美的吴语正相称。　⑤木兰船：泛指船。相传鲁班曾刻木兰为船。

梦江南

江南好，真个到梁溪[1]。一幅云林高士画[2]，数行泉石故人题[3]。还似梦游非[4]？

注释

①梁溪：在无锡县西门外，源出惠山。此泛指无锡。无锡为纳兰性德的好友顾贞观与严绳孙的故乡，作者过去常梦游此地，现在果真来了，故曰“真个”。　②云林：元代画家倪瓒的号。倪瓒为无锡人，工山水画，隐居不仕，人称倪高士。　③故人：指作者的好友严绳孙。严绳孙兼善书法、绘画，无锡人皆以倪瓒目之。　④非：疑问词，“否”之意。

梦江南

江南好，水是二泉清[①]。味永出山那得浊[②]，名高有锡更谁争[③]。何必让中泠[④]。

注释

①二泉：指江苏无锡市的惠山泉，唐人陆羽评其为“天下第二泉”，简称二泉，又名“陆子泉”。此泉水质极为清冽，最适合煎茶，宋徽宗时为宫廷贡品，清康熙、乾隆下江南时多有品题。②“味永”句：杜甫《佳人》诗：“在山泉水清，出山泉水浊。”这句是说惠山的泉水水质不会因出山而改变。 ③有锡：无锡县曾名有锡。这句是说二泉在无锡知名度最高，它物不能与之相争。 ④中泠：中泠泉，在江苏镇江金山下，现已为积沙所湮。唐人认为此泉煎茶最佳，故称“天下第一泉”。这句说二泉不在中泠泉之下。

梦江南

江南好，佳丽数维扬[①]。自是琼花偏得月[②]，那应金粉不兼香[③]。谁与话清凉。

注释

①佳丽：指风景美丽。南齐谢朓《入朝曲》：“江南佳丽地，金陵帝王州。”维扬：扬州的别称。 ②琼花：扬州后土祠古代有琼花一株，相传为唐人所植，花色微黄而有香味。偏得月：指扬州得月最多。唐徐凝《忆扬州》诗：“天下三分明月夜，二分

无赖是扬州。”　③金粉：指妇女的梳妆用品。

梦江南[1]

江南好，铁瓮古南徐[2]。立马江山千里目[3]，射蛟风雨百灵趋[4]。北顾更踌躇[5]。

注释

①此首及下一首写镇江。康熙于十月二十三日从仪真渡江到达镇江，二十四日游金山、焦山。　②铁瓮：铁瓮城，江苏镇江县子城，在北固山前，为三国时孙权所建，因其深狭坚固，号铁瓮城。南徐：州名，南朝宋时在京口置南徐州，即今江苏镇江市。　③立马：金完颜亮诗：“提兵百万西湖上，立马吴山第一峰。”千里目：唐王之涣《登鹳雀楼》诗：“欲穷千里目，更上一层楼。”此句实写作者随康熙登上金山极目远眺千里江山的情景。④“射蛟”句：想起当年汉武帝射蛟之事。据《汉书·武帝纪》，汉武帝曾亲自射蛟江中。百灵：指各方神灵。　⑤“北顾”句：向北眺望，踌躇满志。踌躇：从容自得的样子。

梦江南

江南好，一片妙高云[1]。砚北峰峦米外史[2]，屏间楼阁李将军[3]。金碧矗斜曛[4]。

注释

①妙高：即妙高峰，为金山最高处，常有浮云缭绕，景致绝佳。　②砚北：指几案朝南，人坐在砚的北边。米外史：宋代著

名画家米芾（1051—1107），字元章，号鹿门居士，又称海岳外史，其山水画独具一格。这句说妙高峰浮云缭绕，美妙如米芾画中的峰峦。 ③李将军：李思训（651—716），唐宗室，善画山水，用青绿金碧重色，称金碧山水。开元年间官武卫大将军，人称大李将军（其子李昭道亦善画，称小李将军）。这句是说金山上的佛寺矗立在斜阳中，金碧辉煌，就好像画屏上大李将军所画的亭台楼阁。 ④斜曛：落日的余晖。

梦江南

江南好，何处异京华。香散翠帘多在水①，绿残红叶胜于花。无事避风沙②。

注释

①“香散”句：唐白居易《阶下莲》诗：“花开香散入帘风。”多在水：指帘影多倒映在水中。 ②无事：不必，无须。这句是说江南没有风沙，所以无须躲避。

梦江南

昏鸦尽，小立恨因谁①？急雪乍翻香阁絮②，轻风吹到胆瓶梅③。心字已成灰④。

注释

①恨因谁：因何事而伤感。 ②“急雪”句：谓闺房旁雪花翻飞，就好像柳絮飘飞的样子。乍，忽然。香阁，香闺。絮，柳絮。《世说新语·言语》载：晋代谢安的侄女谢道韫曾把雪花比

喻为柳絮。 ③胆瓶：长颈大腹形状的花瓶，以形似悬胆而得名。梅，指插在胆瓶中的梅枝。 ④心字：心字香，指饰印有心字形状的香。古代闺房中常烧香以驱散潮湿的空气，增添温馨的氛围。宋蒋捷《一剪梅》词："何日归家洗客袍，银字笙调，心字香烧。"

梦江南

新来好①，唱得虎头词②。一片冷香惟有梦，十分清瘦更无诗③。标格早梅知④。

注释

①新来：近来。 ②虎头词：指作者的好友顾贞观于康熙十七（或十八）年冬天所作，并于当年除夕寄给作者的《浣溪沙·梅》词。虎头：东晋著名画家顾恺之小字虎头，而顾贞观既与他同姓，又同为无锡人，故作者在此以虎头借指顾贞观。 ③"一片"两句：出自顾贞观《浣溪沙·梅》："物外幽情世外姿，冻云深护最高枝。小楼风月独醒时。一片冷香惟有梦，十分清瘦更无诗。待他移影说相思。"冷香：指梅花的清香。 ④"标格"句：明王次回《题徐云闲故姬遗照》诗："天然标格早梅边。"标格：风格。此句意谓从早梅身上可知顾词的风格。

江城子

咏　史

湿云全压数峰低，影凄迷，望中疑[1]。非雾非烟、神女欲来时[2]。若问生涯原是梦[3]，除梦里，没人知。

注释

①凄迷：烟雾缭绕迷离的样子。　②非雾非烟：指祥瑞的云。《史记·天官书》："若烟非烟，若云非云，郁郁纷纷，萧索轮囷，是谓卿云。"神女欲来：用宋玉《高唐赋》《神女赋》事，指神女来时云雾缭绕。　③"若问"句：唐李商隐《无题》诗："神女生涯原是梦，小姑居处本无郎。"

如梦令

正是辘轳金井[1]，满砌落花红冷[2]。蓦地一相逢[3]，心事眼波难定[4]。谁省，谁省，从此簟纹灯影[5]。

注释

①辘轳：井上汲水用的起重装置。金井：井的美称。李煜《采桑子》："辘轳金井梧桐晚，几树惊秋。"　②砌：台阶。③蓦地：忽然。　④"心事"句：谓对方眼波横动，心事难猜。⑤簟纹：有花纹图案的凉席。宋苏轼《南堂》诗："扫地焚香闭阁眠，簟纹如水帐如烟。"

如梦令

黄叶青苔归路，屧粉衣香何处[①]。消息竟沉沉[②]，今夜相思几许。秋雨，秋雨，一半因风吹去[③]。

注释

①屧（xiè）粉：屧即鞋子，木屐。屧粉指鞋子衬里的沉香屑。这里与“衣”都是以衣物代指情人。 ②沉沉：消息隔绝。③“秋雨”句：用清朱彝尊《转应曲》词句：“秋雨，秋雨，一半因风吹去。”

如梦令

纤月黄昏庭院[①]，语密翻教醉浅[②]。知否那人心，旧恨新欢相半。谁见，谁见，珊枕泪痕红泫[③]。

注释

①纤月：弯弯的月儿。 ②“语密”句：谓因对方情意深厚，使自己的醉意顿时消退。 ③珊枕：珊瑚枕。红泫：红泪。泫，水点下垂。

采桑子

彤云久绝飞琼字[①]，人在谁边，人在谁边，今夜玉清眠不眠[②]？ 香销被冷残灯灭，静数秋天，静数秋天，又误心期到下弦[③]。

注释

①彤云：红霞，道家传说在仙人居住的地方有彤霞缭绕。飞琼：传说许飞琼是西王母身边的侍女，后用来泛指仙女。这里代指所思念的人。字：书信。这句说作者很久没有收到她的信了。②玉清：仙女名。这里指所思念的人。　③心期：心愿。下弦：下弦月。

采桑子

谁翻乐府凄凉曲[①]，风也萧萧，雨也萧萧[②]，瘦尽灯花又一宵[③]。　　不知何事萦怀抱，醒也无聊，醉也无聊，梦也何曾到谢桥[④]。

注释

①翻：演奏。乐府：本为汉代管理祭祀、巡行、宫廷所用音乐的官署，亦称由官署采集来的民歌为乐府。后来将一切可以入乐的诗歌均称为乐府。词中即从广义而言。　②“风也”二句：宋蒋捷《一剪梅》：“秋娘渡与泰娘桥，风又飘飘，雨又萧萧。”萧萧，象声词。　③瘦尽灯花：烛花因蜡烛烧残而越来越小。④谢桥：古时称所爱女子（或妓女）为“谢娘”，因称其所居之处为“谢家”“谢家庭院”“谢桥”等。作者《采桑子》（拨灯书尽）亦有“分付秋潮，莫误双鱼到谢桥”之句。

采桑子

严霜拥絮频惊起[①]，扑面霜空，斜汉朦胧[②]，冷逼毡帷火不红[③]。　香篝翠被浑闲事[④]，回首西风，何处疏钟[⑤]，一穗灯花似梦中[⑥]。

注释

①严霜：严寒的霜气。此句意为严寒的霜气卷起雪花如飞絮飘扬。　②斜汉：秋天的天河（银河）斜向西南，故称斜汉。③毡帷：毡做的帐篷。　④香篝：古代室内焚香所用的熏笼。⑤疏钟：稀疏的钟声。　⑥穗：谷物等结的穗，这里指灯花。

采桑子

那能寂寞芳菲节[①]，欲话生平，夜已三更，一阕悲歌泪暗零[②]。　须知秋叶春花促[③]，点鬓星星[④]，遇酒须倾，莫问千秋万岁名[⑤]。

注释

①芳菲节：指春天。芳菲，花草的芳香。五代毛熙震《后庭花》："莺啼燕语芳菲节，瑞庭花发。"　②一阕：一首。零：落。③秋叶春花：代指秋季春天。　④星星：喻白色。南朝谢灵运《游南亭》："戚戚感物叹，星星白发垂。"　⑤"遇酒"二句：李白《行路难》诗："且乐生前一杯酒，何须身后千载名。"

采桑子

冷香萦遍红桥梦[①]，梦觉城笳[②]，月上桃花，雨歇春寒燕子家。　　箜篌别后谁能鼓[③]，肠断天涯，暗损韶华[④]，一缕茶烟透碧纱。

注释

①冷香：清香的花香。　②笳：胡笳，一种吹奏乐器。③箜篌：古代一种弹拨乐器。　④韶华：美好的年华。

采桑子

九　日[①]

深秋绝塞谁相忆，木叶萧萧[②]，乡路迢迢，六曲屏山和梦遥。　　佳时倍惜风光别[③]，不为登高，只觉魂销，南雁归时更寂寥。

注释

①九日：指农历九月初九重阳节，旧时此日有登高、饮菊花酒、佩戴茱萸囊以消灾等习俗。　②绝塞：遥远偏僻之地。木叶：落叶。　③别：与众不同。

采桑子

咏春雨

嫩烟分染鹅儿柳[1]，一样风丝[2]，似整如欹，才著春寒瘦不支。　　凉侵晓梦轻蝉腻[3]，约略红肥[4]，不惜葳蕤[5]，碾取名香作地衣[6]。

注释

①鹅儿柳：浅黄似雏鹅毛色的嫩柳。　②风丝：因风飘飞的柳枝。　③蝉腻：轻盈透明的蝉鬓。腻，滑泽。　④红肥：指花朵因雨水滋润而更加鲜艳。　⑤葳蕤（wěiruì）：花草茂盛的样子。　⑥地衣：地毯。秦观《阮郎归》："秋千未拆水平堤，落红成地衣。"

采桑子

塞上咏雪花[1]

非关癖爱轻模样[2]，冷处偏佳，别有根芽，不是人间富贵花[3]。　　谢娘别后谁能惜[4]，飘泊天涯，寒月悲笳，万里西风瀚海沙[5]。

注释

①此词所写的是冬景，当作于康熙十七年（1678）十月扈驾巡视北边时。　②癖爱：特别喜欢。轻模样：指雪花轻轻飞扬的样子。宋孙道绚《清平乐·雪》："悠悠飏飏，做尽轻模样。"

③富贵花：指牡丹或海棠之类的花。　④谢娘：指南朝谢道韫，谢道韫曾咏过雪花。《世说新语·言语》载：谢安见雪因风而起，问子侄辈何物可比，有答以“撒盐空中差可拟”者，谢道韫则曰：“未若柳絮因风起。”　⑤西风：秋风。瀚海：指沙漠。唐高适《燕歌行》：“校尉羽书飞瀚海，单于猎火照狼山。”

采桑子

桃花羞作无情死，感激东风，吹落娇红，飞入窗间伴懊侬[①]。　谁怜辛苦东阳瘦[②]，也为春慵，不及芙蓉，一片幽情冷处浓[③]。

注释

①窗间：原作“间窗”。懊侬：忧愁，烦恼。　②东阳：地名，在今浙江省，南朝沈约曾任东阳太守。东阳瘦，指沈约身体消瘦。《南史·沈约传》：“（沈约）以书陈情于（徐）勉，言以老病，百日数旬，革带常应移孔，以手握臂，率计月小半分。”③“一片”句：明王次回《寒词》：“个人真与梅花似，一片幽香冷处浓。”

采桑子

海天谁放冰轮满[①]，惆怅离情，莫说离情，但值凉宵总泪零。　只应碧落重相见[②]，那是今生，可奈今生[③]，刚作愁时又忆卿。

注释

①冰轮：月亮。 ②碧落：天空。 ③可奈：怎奈。

采桑子

明月多情应笑我，笑我如今，辜负春心[①]，独自闲行独自吟。 近来怕说当时事，结遍兰襟[②]，月浅灯深，梦里云归何处寻。

注释

①春心：由春景引发的情怀。 ②兰襟：香洁的衣襟，喻指良友。一说指美女之衣衫。

采桑子

拨灯书尽红笺也[①]，依旧无聊，玉漏迢迢[②]，梦里寒花隔玉箫[③]。 几竿修竹三更雨，叶叶萧萧[④]，分付秋潮，莫误双鱼到谢桥[⑤]。

注释

①红笺：红色的信纸。 ②玉漏：玉制的漏壶，用作计时器。 ③寒花：寒冷季节所开之花，一般指菊花。玉箫：人名，为唐代姜使君的侍女，韦皋的情人，两人一别七年，玉箫不见韦皋回来相会，绝食而死。典出唐范摅《云溪友议》卷三。这句说与所爱的女子音讯隔绝，只能在梦中相逢。 ④萧萧：风声。⑤双鱼：书信。《文选·古乐府》："客从远方来，遗我双鲤鱼。

呼儿烹鲤鱼，中有尺素书。”后用双鱼、双鲤指书信。谢桥：谢娘桥，代指情人的住所。见前《采桑子》（谁翻乐府凄凉曲）注④。

采桑子

凉生露气湘弦润[①]，暗滴花梢，帘影谁摇，燕蹴风丝上柳条[②]。　舞余镜匣开频掩，檀粉慵调[③]，朝泪如潮，昨夜香衾觉梦遥[④]。

注释

①湘弦：琴瑟之弦，这里代指琴瑟。屈原《远游》：“使湘灵鼓瑟兮，令海若舞冯夷。”因此称琴瑟的弦为湘弦，即湘灵所鼓之瑟弦。　②蹴（cù）：踏，逐。　③檀粉：香粉。　④香衾（qīn）：被子。

采桑子

土花曾染湘娥黛[①]，铅泪难消[②]，清韵谁敲[③]，不是犀椎是凤翅[④]。　只应长伴端溪紫[⑤]，割取秋潮[⑥]，鹦鹉偷教，方响前头见玉箫[⑦]。

注释

①土花：器物因受泥土侵蚀而留下的锈迹斑点。湘娥：舜的妃子女英、娥皇。黛：女子画眉之物，这里代指女子的眉毛。这句说湘妃竹上斑痕累累，暗指所爱女子已死去。唐李贺《金铜仙人辞汉歌》诗：“画栏桂树悬秋香，三十六宫土花碧。”　②铅

泪：眼泪。唐李贺《金铜仙人辞汉歌》：“空将汉月出宫门，忆君清泪如铅水。”后称眼泪为铅水。这里也指湘妃竹上的斑渍。③清韵：清雅和谐的声音，这里指风吹竹林发出的声音。 ④犀椎：用犀牛角制成的小槌，为打击乐器。凤翅：形状像凤凰的首饰。 ⑤端溪紫：用广东德庆县端溪所产石制成的紫色砚台，即端砚。这句说所爱女子不该死去，而应常在书桌前陪我。 ⑥秋潮：秋波，指女子的眼睛。唐李商隐《房中曲》：“枕是龙宫石，割得秋波色。” ⑦方响：打击乐器，由十六枚厚薄不一的铁片制成，分两排悬在架上，用小槌击打。玉箫：见前注。这两句表达睹物思人的悲痛。

采桑子

白衣裳凭朱阑立①，凉月趖西②，点鬓霜微，岁晏知君归不归③。 残更目断传书雁④，尺素还稀⑤，一味相思，准拟相看似旧时⑥。

注释

①朱阑：红色的栏杆。明王次回《寒词》：“况复此宵兼雪月，白衣裳凭赤栏干。” ②趖（suō）：走。趖西：向西落下。③岁晏：岁末。 ④传书雁：古代传说鸿雁能为人传递书信。⑤尺素：书信，古人将书信写在一尺见方的素绢上，故名。⑥准拟：料想，希望。宋晏几道《采桑子》：“秋来更觉销魂苦，小字还稀，坐想行思，怎得相看似旧时。”

采桑子

谢家庭院残更立①，燕宿雕梁②，月度银墙，不辨花丛那辨香[3]。　　此情已自成追忆[4]，零落鸳鸯，雨歇微凉，十一年前梦一场。

注释

①谢家庭院：见《采桑子》（谁翻乐府凄凉曲）注④。②雕梁：屋梁的美称。唐李中《燕》："喧觉佳人昼梦，双双犹在雕梁。"　③"不辨"句：反用元稹《杂忆五首》其三："寒轻夜浅绕回廊，不辨花丛暗辨香。"　④"此情"句：李商隐《锦瑟》："此情可待成追忆，只是当时已惘然。"

采桑子

而今才道当时错[1]，心绪凄迷，红泪偷垂[2]，满眼春风百事非[3]。　　情知此后来无计[4]，强说欢期[5]，一别如斯，落尽梨花月又西[6]。

注释

①才道：才知道。宋晏几道《醉落魄》词："心心口口长恨昨，分飞容易当时错。"又宋刘克庄《忆秦娥》词："古来成败难描模，而今却悔当时错。"　②红泪：血泪，美人泪。　③"满眼"句：唐李贺《三月》诗："东方风来满眼春，花城柳暗愁杀人。"宋赵彦端《减字木兰花》词："满眼春风，不觉黄梅细雨中。"　④无计：无法。　⑤欢期：佳期。　⑥"落尽"句：唐郑谷《下第退居二首》之一："落尽梨花春又了，破篱残雨晚莺啼。"宋梅尧臣《苏幕遮》词："落尽梨花春又了，满地残阳，翠色和烟老。"

台城路

洗妆台[1]

六宫佳丽谁曾见[2]，层台尚临芳渚[3]。露脚斜飞[4]，虹腰欲断[5]，荷叶未收残雨。添妆何处[6]。试问取雕笼[7]，雪衣分付[8]。一镜空濛[9]，鸳鸯拂破白蘋去。　　相传内家结束[10]，有帊装孤稳，靴缝女古[11]。冷艳全消[12]，苍苔玉匣，翻出十眉遗谱[13]。人间朝暮。看胭粉亭西[14]，几堆尘土。只有花铃[15]，绾风深夜语。

注释

①洗妆台：本为金章宗为李宸妃所建之添妆台，故址在今北京市北海公园琼华岛上，但当时人误为辽萧太后的梳妆台。本篇所咏即辽萧太后事。　②六宫：相传皇帝后宫有正宫一，燕宫五，合为六宫。唐白居易《长恨歌》诗："回眸一笑百媚生，六宫粉黛无颜色。""后宫佳丽三千人，三千宠爱在一身。"　③层台：高台，高大的宫殿。芳渚：长有芳草的水边。唐王勃《滕王阁诗》："滕王高阁临江渚。"　④露脚：残露。唐李贺《李凭箜篌引》诗："吴质不眠倚桂树，露脚斜飞湿寒兔。"　⑤虹腰：彩虹。这里指拱桥，即北海公园太液池上的永安桥。虹腰欲断是说水将要漫过拱桥。宋吴文英《喜迁莺》词："向虹腰、时送斜阳凝伫。"　⑥添妆：指向后妃赠送财礼，这里借指洗妆台。⑦雕笼：雕花的笼子，这里代指笼中鸟。　⑧雪衣：白鹦鹉。此鸟非常聪慧，洞晓人言，唐玄宗及杨贵妃呼之为"雪衣女"，左右呼为"雪衣娘"。事见郑处诲《明皇杂录》。分付：表示出来。

宋吕本中《蝶恋花》词："睡起小奁香一缕。玉篆回纹，等个人分付。"这两句说只有笼中的鹦鹉能回答了。 ⑨一镜：指太液池水。 ⑩内家：又称大内，指皇宫，亦代指宫女。唐王建《宫词》诗："尽送春球出内家，记巡传把一枝花。"结束：妆饰打扮。内家结束，即内家妆，汉家宫廷中的妆扮。胡浩然《万年欢》："有多少、佳人如玉。春衫袂，整整齐齐，内家新样妆束。"辽国臣子耶律乙辛为了陷害懿德皇后，曾假托皇后之名作《十香词》，其中有"青丝七尺长，挽作内家妆"句。 ⑪帊装：艳装。孤稳：玉。女古：黄金。都是契丹语的音译。这两句说辽代宫中头饰玉，足饰金，不再是汉家的妆束了。辽王鼎《焚椒录》："宫中为（懿德皇后）语曰：孤稳压帕女古靴，菩萨唤作耨斡么。盖言以玉饰首，以金饰足，以观音作皇后也。" ⑫冷艳：耐寒的花。 ⑬十眉遗谱：即《十眉图》，是唐玄宗命画工所画的十种眉妆样式。 ⑭胭粉亭：是洗妆台附近供后妃添妆的亭子。⑮花铃：塔檐上悬挂的铃铛，中间镂空，故称花铃。一说是置于花下或花丛附近用来惊吓鸟雀的护花铃铛。

台城路

上 元[1]

阑珊火树鱼龙舞[2]，望中宝钗楼远[3]。鞦韆余红，琉璃剩碧[4]，待嘱花归缓缓[5]。寒轻漏浅[6]。正乍敛烟霏，陨星如箭[7]。旧事惊心，一双莲影藕丝断。 莫恨流年逝水[8]，恨销残蝶粉[9]，韶光忒贱[10]。细语吹香[11]，暗尘笼鬓[12]，都逐晓风零乱。阑干敲遍。问帘底纤纤[13]，甚时重见？不解相思，月华今夜满[14]。

注释

①上元：指正月十五元宵节，旧时有看花灯的习俗。 ②阑珊：稀落。火树：喻指灿烂的灯火。鱼龙舞：指舞蚌壳灯及耍龙灯之类。宋辛弃疾《青玉案》词："凤箫声动，玉壶光转，一夜鱼龙舞。" ③宝钗楼：汉武帝时营建，故址在今陕西咸阳市。此泛指酒楼。 ④靺鞨、琉璃：均为宝石名。靺鞨，红色宝石之一种，即红玛瑙，相传产于古靺鞨国，故名。此二句指灯火渐稀。 ⑤"待嘱"句：谓人慢慢地归家。 ⑥漏浅：指快天亮。漏，古时一种计时的工具。 ⑦陨星：此指烟火。辛弃疾《青玉案》："东风夜放花千树，更吹落，星如雨。" ⑧流年逝水：语出明汤显祖《牡丹亭·惊梦》："则为你如花美眷，似水流年。" ⑨蝶粉：指妆粉。 ⑩韶光忒贱：语出汤显祖《牡丹亭·游园》："锦屏人忒看得韶光贱。" ⑪吹香：指女子说话时口中散发出的香气。 ⑫暗尘：夜间看不清的尘雾。唐苏味道《正月十五夜》诗："暗尘随马去，明月逐人来。" ⑬帘底纤纤：指帘下露出的女子纤足。 ⑭月华：月光。宋周邦彦《水调歌头》："今夕月华满，银汉泻秋寒。"

台城路

塞外七夕[①]

白狼河北秋偏早[②]，星桥又迎河鼓[③]。清漏频移，微云欲湿，正是金风玉露[④]。两眉愁聚。待归踏榆花，那里才诉。只恐重逢，明明相视更无语。 人间别离无数。向瓜果筵前[⑤]，碧天凝伫。连理千花，相思一叶[⑥]，毕竟随风何处。羁栖良苦。算未抵空房，冷香啼曙。今夜天孙[⑦]，笑人愁似许。

注释

①塞外七夕：七夕，指农历七月初七。作者康熙二十二年（1683）与二十三年（1684）的七夕先后两次扈驾出巡边塞。此词当写于其中的一次出巡时。 ②白狼河：古称白狼水，即今辽宁省的大凌河。 ③星桥：传说中银河上的鹊桥。河鼓：俗称牵牛星。《尔雅》："河鼓谓之牵牛。" ④金风：秋风。玉露：晶莹如玉的露珠，指秋露。李商隐《辛未七夕》诗："由来碧落银河畔，可是金风玉露时。" ⑤瓜果筵前：旧时民间习俗，七夕夜妇女结彩楼，穿七孔针，陈设瓜果酒脯于庭中以乞巧。事见《荆楚岁时记》。 ⑥相思一叶：用红叶题诗之典故，事见唐孟棨《本事诗·情感》。 ⑦天孙：即织女星。

玉连环影[1]

何处，几叶萧萧雨[2]。湿尽檐花[3]，花底人无语。掩屏山[4]，玉炉寒[5]，谁见两眉愁聚、倚阑干[6]。

注释

①词谱中无此调，可能是作者的自度曲。 ②几叶：即几点。萧萧：象声词，形容风雨声。此句谓下着零零星星的小雨。③檐花：屋檐前的花。 ④屏山：屏风。古时屏风多绘有山的图案，故称。 ⑤玉炉：香炉的美称。此句是说香炉里的檀香燃尽。 ⑥两眉愁聚：愁苦地皱着双眉。

洛阳春

密洒征鞍无数，冥迷远树。乱山重叠杳难分，似五里、濛濛雾[1]。　　惆怅琐窗深处[2]，湿花轻絮[3]。当时悠扬得人怜[4]，也都是、浓香助。

注释

①“五里”句：《后汉书·张霸传》附张楷：“（楷）性好道术，能作五里雾。”梁元帝《咏雾》诗：“五里生远雾，三晨瘖城阖。”　②琐窗：雕有花纹的窗户。　③湿花：雪花。轻絮：亦指雪花。　④悠扬：形容雪花轻盈飘落。宋孙道绚《清平乐·雪词》：“悠悠飏飏，做尽轻模样。半夜萧萧窗外响，多在梅边竹上。”

谒金门

风丝袅[1]，水浸碧天清晓[2]。一镜湿云青未了[3]，雨晴春草草[4]。　　梦里轻螺谁扫[5]，帘外落花红小。独睡起来情悄悄，寄愁何处好？

注释

①风丝：因风飘荡的柳丝。袅：草木柔弱细长的样子。②水浸碧天：谓碧蓝的天空倒映在水里。清晓：清晨、清早。③一镜湿云：指倒映在水面的云。一镜，谓水平静如镜。青未了：杜甫《望岳》诗：“岱宗夫如何？齐鲁青未了。”未了，不尽。　④草草：匆促。宋张炎《采桑子》词：“客里看春多草草。”　⑤轻螺谁扫：谁人替画眉。轻螺，意即细眉。螺即黛螺，青黑色颜料，可用来画眉，因作女子眉毛的代称。扫，画。

四和香

麦浪翻晴风飐柳[①]，已过伤春候[②]。因甚为他成僝僽[③]，毕竟是、春拖逗[④]。　　红药阑边携素手[⑤]，暖语浓于酒。盼到园花铺似绣，却更比、春前瘦。

注释

①飐（zhǎn）：风吹使摆动。　②候：时令，时节。　③僝僽（chánzhòu）：憔悴，烦恼。　④拖逗：惹起，引逗。　⑤红药：芍药。宋赵长卿《长相思》词：“药阑东，药阑西，记得当时素手携，弯弯月似眉。”

海棠月

重檐淡月浑如水[①]。浸寒香、一片小窗里[②]。双鱼冻合[③]，似曾伴、个人无寐。横眸处，索笑而今已矣[④]。　　与谁更拥灯前髻[⑤]。乍横斜、疏影疑飞坠[⑥]。铜瓶小注[⑦]，休教近、麝炉烟气[⑧]。酬伊也，几点夜深清泪。

注释

①重檐：外檐下再安板檐称重檐。　②寒香：梅花的香气。唐杜牧《早春寄岳州李使君》诗：“返照三声角，寒香一树梅。”唐罗隐《梅花》诗：“愁怜粉艳飘歌席，静爱寒香扑酒樽。”这里代指梅花。　③双鱼：双鱼洗，上面镌刻有双鱼形象的盥洗器皿。一说为砚台名。冻合：结冰。苏轼《雪诗》：“石泉冻合竹无风，夜色沉沉万境空。”　④索笑：求笑。杜甫《舍弟观赴蓝田

取妻子到江陵喜寄》诗："巡檐索共梅花笑，冷蕊疏枝半不禁。"吴绮《风流子·西湖》词："空记寻香梅市，索笑桃门。" ⑤灯前髻：汉伶玄《赵飞燕外传》附伶玄自叙："通德（伶玄妾，曾为汉成帝宫婢）占袖，顾示烛影，以手拥髻，凄然泣下，不胜其悲。"宋刘辰翁《宝鼎现》词："又说向灯前拥髻，暗滴鲛珠坠。" ⑥疏影句：疏影指梅花稀疏的影子，宋林逋《山园小梅》诗："疏影横斜水清浅，暗香浮动月黄昏。" ⑦小注：用来盛水的器皿。 ⑧麝炉：燃有麝香的香炉。古有麝香不宜于花的说法。

金菊对芙蓉

上　元

金鸭消香[①]，银虬泻水[②]，谁家夜笛飞声[③]。正上林雪霁[④]，鸳甃晶莹[⑤]。鱼龙舞罢香车杳[⑥]，剩尊前、袖掩吴绫[⑦]。狂游似梦，而今空记，密约烧灯。　追念往事难凭。叹火树星桥[⑧]，回首飘零。但九逵烟月[⑨]，依旧笼明。楚天一带惊烽火，问今宵、可照江城[⑩]。小窗残酒，阑珊灯灺[⑪]，别自关情。

注释

①金鸭：铜制的鸭形香炉。消香：炉中的檀香已燃尽。②银虬：古漏刻上的播水壶作龙口以吐水，龙口用银制成，故称之银虬。 ③"谁家"句：李白《春夜洛城闻笛》："谁家玉笛暗飞声，散入春风满洛城。" ④上林：即上林苑。秦汉时皇家园林，故址在今陕西长安郊外。此指北京的皇家宫苑。 ⑤甃（zhòu）：井壁。鸳甃：指用鸳瓦砌的井壁。 ⑥鱼龙舞：指各种

动物形状的花灯。 ⑦吴绫：古时吴地出产的一种丝织品。⑧火树星桥：形容元宵灿烂的灯火。唐苏味道《正月十五夜》诗："火树银花合，星桥铁锁开。" ⑨九逵：都城四通八达的大路。 ⑩"楚天"三句：当是怀念湖南友人张纯修。张纯修，字子敏，号见阳。曾为纳兰性德编印《饮水词》，其序中谓"容若与余为异姓兄弟"。据《湖南省职官志》，张纯修康熙十八年(1679)出任湖南江华县令。词中"江城"可能即指江华县城。当年清兵攻入湖南，一时烽火四起。作者《送张见阳令江华》诗亦云："楚国连烽火，深知作更难。" ⑪阑珊：稀疏。灯灺(xiè)：蜡烛的余烬。

点绛唇

一种蛾眉[①]，下弦不似初弦好[②]。庾郎未老，何事伤心早[③]。 素壁斜辉，竹影横窗扫。空房悄，乌啼欲晓，又下西楼了[④]。

注释

①一种：犹言一样、同是。蛾眉：蚕蛾的触须弯曲细长，故用以比喻女子的眉毛。此借指月亮。 ②下弦：指农历每月二十三日前后的月亮。初弦：即上弦，指农历每月初八前后的月亮。③庾郎：即庾信，有《伤心赋》。作者二十三岁丧妻，故以庾信自况。 ④又下西楼：指月落。

点绛唇

咏 风 兰[1]

别样幽芬，更无浓艳催开处。凌波欲去[2]，且为东风住。

忒煞萧疏[3]，争耐秋如许[4]。还留取，冷香半缕，第一湘江雨[5]。

注释

①风兰：兰花的一种，开白色的花，微香。 ②凌波：在水上行走。这句说兰花在风中摇曳生姿的姿态好像凌波仙子，轻灵飘逸。三国魏曹植《洛神赋》：“凌波微步，罗袜生尘。” ③忒煞：太，过于。萧疏：稀疏。 ④争奈：怎奈。 ⑤湘江：此词是作者为张见阳所画兰花题的诗，张见阳在康熙十八年任湖南江华县令，故此句特别提到湘江。

点绛唇

寄南海梁药亭[1]

一帽征尘，留君不住从君去[2]。片帆何处，南浦沉香雨[3]。

回首风流，紫竹村边住[4]。孤鸿语，三生定许[5]，可是梁鸿侣[6]？

注释

①梁药亭：作者的好友梁佩兰（1630—1705），字芝五，号药亭，广东南海县人，清初著名诗人，与屈大均、陈恭尹并称为

“岭南三大家”。康熙二十七年（1688）进士，官翰林院庶吉士，有《六莹堂前后集》十六卷。《清史列传》卷七十一有《梁佩兰传》可参。 ②“留君”句：宋蔡伸《踏莎行》词：“百计留君，留君不住。留君不住君须去。” ③南浦：南面的水滨，泛指送别之处。屈原《九歌·河伯》：“子交手兮东行，送美人兮南浦。”南朝梁江淹《别赋》：“春草碧丝，春水绿波。送君南浦，伤如之何！”沉香：沉香浦，在今广东南海琵琶洲。相传晋广州刺史吴隐之曾在这里投下沉香，故名。事见《晋书·良吏传》。梁佩兰当时就在南海，故云。这两句说梁佩兰将要乘船回到多雨的家乡。④紫竹村：未详，可能是北京西郊紫竹院附近的一处村庄。 ⑤三生：佛家语，指前生、今生和来生。 ⑥梁鸿：字伯鸾，东汉扶风平陵人，家贫而好学，尚气节，为隐逸之士，与妻子孟光相敬如宾。事见《后汉书·逸民传》。这两句说如果人真有三生的话，那么梁佩兰一定是与梁鸿同类的贤人。

点绛唇

黄花城早望[1]

五夜光寒[2]，照来积雪平于栈[3]。西风何限[4]，自起披衣看。 对此茫茫，不觉成长叹。何时旦，晓星欲散，飞起平沙雁。

注释

①黄花城：在今北京怀柔县境内。 ②五夜：古代将一夜分为甲、乙、丙、丁、戊五段，故称五夜，即五更。 ③栈：木栅栏。 ④何限：多少。

点绛唇[①]

小院新凉，晚来顿觉罗衫薄。不成孤酌[②]，形影空酬酢[③]。

萧寺怜君[④]，别绪应萧索。西风恶，夕阳吹角[⑤]，一阵槐花落。

注释

①张草纫《纳兰词笺注》卷一将此词系于康熙十七年（1678）秋。 ②不成：犹言难道。孤酌：即独酌，独自一人饮酒。 ③酬酢：应酬。此句反用李白《月下独酌》“举杯邀明月，对影成三人”诗意。 ④萧寺：泛指佛寺庙宇。唐李肇《国史补》卷中：“梁武帝造寺，令萧子云飞白大书‘萧’字。” ⑤夕阳吹角：宋陆游《浣溪沙》词：“夕阳吹角最关情。”吹角，指号角声。

浣溪沙

消息谁传到拒霜[①]，两行斜雁碧天长，晚秋风景倍凄凉。

银蒜押帘人寂寂[②]，玉钗敲竹信茫茫[③]，黄花开也近重阳。

注释

①拒霜：木芙蓉花的异名，俗称芙蓉或芙蓉花，因其仲秋开花，耐寒，故称拒霜。 ②银蒜：制成蒜形的银块，悬在帘下压住帘子以免被风吹起。苏轼《哨遍》词：“睡起画堂，银蒜押帘，珠幕云垂地。” ③玉钗敲竹：用玉钗轻轻敲竹以排遣愁怀。唐高适《听张立本女吟诗》：“自把玉钗敲砌竹，清歌一曲月如霜。”

五代孙光宪《浣溪沙》词："春梦未成愁寂寂，佳期难会信茫茫。"

浣溪沙

雨歇梧桐泪乍收[①]，遣怀翻自忆从头，摘花销恨旧风流[②]。
帘影碧桃人已去[③]，屧痕苍藓径空留[④]，两眉何处月如钩？

注释

①雨歇梧桐：唐温庭筠《更漏子》词："梧桐树，三更雨，不道离情更苦。" ②摘花销恨：五代王仁裕《开元天宝遗事》卷二"销恨花"条："明皇于禁苑中，初，有千叶桃盛开，帝与贵妃日逐宴于树下。帝曰：'不独萱草忘怀，此花亦能销恨。'" ③碧桃人已去：唐崔护《题都城南庄》诗："人面不知何处去，桃花依旧笑春风。" ④屧（xiè）痕：即鞋痕、脚印。屧，木板拖鞋。径：小路。

浣溪沙

欲问江梅瘦几分[①]，只看愁损翠罗裙[②]，麝篝衾冷惜余熏[③]。　可耐暮寒长倚竹[④]，便教春好不开门[⑤]，枇杷花底校书人[⑥]。

注释

①江梅：野梅。宋范成大《梅谱》："江梅，或谓之野梅，凡山间水滨荒寒清绝之趣，皆此本也。花稍小而疏瘦有韵，香最清。"宋程垓《摊破江城子》词："一夜无眠连晓角，人瘦也，比

梅花，瘦几分。”宋叶梦得《临江仙》词：“学士园林人不到，传声欲问江梅。” ②愁损：因愁情而使人消瘦。这两句以梅喻人，意为要想知道梅树瘦了几分，只要看她的腰肢如何消瘦就知道了，实则指人内心的愁苦。 ③麝篝：燃烧麝香的熏笼。余熏：麝香燃后的余热。五代韦庄《天仙子》词：“绣衾香冷懒重熏。”宋张元干《浣溪沙》词：“别来长是惜余熏。” ④可耐：可奈，无可奈何。杜甫《佳人》诗：“天寒翠袖薄，日暮倚修竹。”⑤便教：即便是，纵然是。 ⑥校书人：唐王建《寄蜀中薛涛校书》诗：“万里桥边女校书，枇杷花下闭门居。”薛涛是唐代名妓，能诗，故后世称能诗文的妓女为女校书。这里借指花下读书人。

浣溪沙

泪浥红笺第几行[1]，唤人娇鸟怕开窗，那能闲过好时光。

屏障厌看金碧画[2]，罗衣不奈水沉香[3]，遍翻眉谱只寻常[4]。

注释

①浥：沾湿。红笺：红色信纸。 ②金碧画：唐李思训、李昭道父子的画金碧辉煌，故后世称其画为金碧山水。 ③水沉香：即沉香。落叶亚乔木，产于亚热带，木材是名贵的熏香料，能沉于水，故又名水沉香。 ④眉谱：古时女子画眉的画样。

浣溪沙

残雪凝辉冷画屏[①]，落梅横笛已三更[②]，更无人处月胧明[③]。　　我是人间惆怅客，知君何事泪纵横，断肠声里忆平生[④]。

注释

①画屏：绘有彩画的屏风。杜牧《秋夕》诗："红烛秋光冷画屏。"　②落梅：指《落梅花》，古笛曲名。李白《司马将军歌》："向月楼中吹落梅。"《与史郎中钦听黄鹤楼上吹笛》诗："黄鹤楼中吹玉笛，江城五月落梅花。"　③月胧明：月色朦胧。唐元稹《嘉陵驿》诗："仍对墙南满山树，野花撩乱月胧明。"④断肠声：杜甫《吹笛》诗："吹笛秋山风月清，谁家巧作断肠声。"又白居易《长恨歌》："夜雨闻铃肠断声。"

浣溪沙

睡起惺忪强自支[①]，绿倾蝉鬓下帘时[②]，夜来愁损小腰肢。
远信不归空伫望[③]，幽期细数却参差[④]，更兼何事耐寻思？

注释

①惺忪：因刚醒而眼睛模糊不清。强自支：打起精神，支撑住自己。　②绿倾蝉鬓：形容低垂着头，头发偏堕的样子。绿，指妇女似绿云的头发。蝉鬓，古代妇女的一种发式。因轻薄似蝉翼，故称蝉鬓。　③远信不归：指对方没有来信。　④幽期：男女间的私约。参差：不齐貌。此指错过了相会的日期。

浣溪沙

十里湖光载酒游，青帘低映白蘋洲[①]，西风听彻采菱讴[②]。
沙岸有时双袖拥[③]，画船何处一竿收[④]，归来无语晚妆楼。

注释

①白蘋洲：泛指长满白蘋的沙洲。温庭筠《梦江南》词："斜晖脉脉水悠悠，肠断白蘋洲。" ②采菱讴：采菱人所唱的歌曲。 ③双袖：借指美女。这句说岸边有时美女云集的热闹景象。 ④一竿：渔人的代称。五代李煜《渔父词》："浪花有意千重雪，桃李无言一队春。一壶酒，一竿身，世上如侬有几人。"

浣溪沙

脂粉塘空遍绿苔[①]，掠泥营垒燕相催，妒他飞去却飞回。
一骑近从梅里过[②]，片帆遥自藕溪来[③]，博山香烬未全灰[④]。

注释

①脂粉塘：溪名，传说西施曾在此沐浴。南朝梁任昉《述异记》："吴故宫有香水溪，俗云西施浴处，又呼为脂粉塘。" ②梅里：地名，在今江苏无锡东南，又名泰伯城。 ③藕溪：在无锡西北三十里。 ④博山：博山炉，香炉。香烬：香已烧完。

浣溪沙

五月江南麦已稀，黄梅时节雨霏微[①]，闲看燕子教谁飞。

一水浓阴如罨画[2]，数峰无恙又晴晖，溅裙谁独上渔矶[3]。

注释

①黄梅时节：宋赵师秀《约客》诗："黄梅时节家家雨。"霏微：景象朦胧。 ②罨画：色彩杂饰的图画。 ③溅裙：水边洗衣。矶：水边突出的岩石或石滩。梁简文帝《和人渡水》诗："婉娩新上头，溅裙出乐游。"清顾贞观《画堂春》词："溅裙独上小渔矶，袜罗微溅春泥。"

浣溪沙

西郊冯氏园看海棠，因忆《香严词》有感[1]

谁道飘零不可怜，旧游时节好花天，断肠人去自经年[2]。

一片晕红疑着雨[3]，几丝柔绿乍和烟，倩魂销尽夕阳前[4]。

注释

①词题原本无，据它本增补。《香严词》：清初词人龚鼎孳的词集。龚鼎孳与钱谦益、吴伟业并称清初文坛"江左三大家"。 ②经年：一年或一年以上。 ③晕红：形容海棠花的色泽。疑：原作"才"。宋王雱《倦寻芳》："倚危栏，登高榭，海棠着雨胭脂透。" ④倩魂销尽：感触很深。倩魂，美好的心魂。

浣溪沙

咏五更和湘真韵[1]

微晕娇花湿欲流[2]，簟纹灯影一生愁[3]，梦回疑在远山楼[4]。　　残月暗窥金屈戌[5]，软风徐荡玉帘钩，待听邻女唤梳头。

注释

①湘真：即陈子龙。陈子龙（1608—1647），字人中、卧子，号大樽、轶符，松江华亭（今上海松江）人。明末几社领袖，因抗清被俘，不屈，后投水殉难。其词集名《湘真阁词》。本篇所和为陈子龙的《浣溪沙·五更》，原词为："半枕轻寒泪暗流，愁时如梦梦悠悠，角声初到小红楼。风动残灯摇绣幕，花笼微月淡帘钩，陡然旧恨上心头。"　②微晕：天刚亮。　③簟（diàn）纹：竹席的纹路。　④远山楼：明王次回《梦游》诗："绣被鄂君仍眺赏，篷窗新署远山楼。"　⑤金屈戌：门窗上铜制的钮环，这里代指闺房。李商隐《骄儿》诗："凝走弄香奁，拔脱金屈戌。"

浣溪沙

伏雨朝寒愁不胜[1]，那能还傍杏花行，去年高摘斗轻盈[2]。漫惹炉烟双袖紫[3]，空将酒晕一衫青[4]，人间何处问多情。

注释

①伏雨：连绵不断的雨。杜甫《秋雨叹》诗："阑风伏雨秋纷纷，四海八荒同一云。"　②"去年"句：这句回忆去年曾见一少女在杏树上摘花，与女伴比试谁的动作更敏捷轻巧。吴伟业《浣溪沙》词："摘花高处赌身轻。"　③炉烟：熏炉中的烟。④酒晕：酒后脸上的红晕。陆游《宴西楼》诗："烛光低映珠帐

丽，酒晕徐添玉颊红。”

浣溪沙

五字诗中目乍成[①]，仅教残福折书生[②]，手挼裙带那时情[③]。　别后心期和梦杳[④]，年来憔悴与愁并，夕阳依旧小窗明[⑤]。

注释

①五字诗：即五言诗。明王次回《有赠》诗：“矜严时已逗风情，五字诗中目乍成。”目成，男女间以目传情。屈原《九歌·少司命》：“满堂兮美人，忽独与余兮目成。”　②残福：残余之福，短暂的幸福。王次回《梦游》诗：“相对只消香共茗，半宵残福折书生。”　③挼（ruó）：揉搓。五代薛昭蕴《小重山》词：“手挼裙带绕宫行，思君切，罗幌暗尘生。”　④心期：心相期许。白居易《和梦得洛中早春见赠》诗：“何日同宴游，心期二月二。”　⑤小窗明：唐方棫《失题》诗：“夕阳如有意，长傍小窗明。”

浣溪沙

欲寄愁心朔雁边[①]，西风浊酒惨离颜，黄花时节碧云天[②]。
古戍烽烟迷斥堠[③]，夕阳村落解鞍鞯，不知征战几人还[④]。

注释

①“欲寄”句：李白《闻王昌龄左迁龙标遥有此寄》诗：“我寄愁心与明月，随风直到夜郎西。”朔雁：边地之雁。

②“黄花”句：元王实甫《西厢记》：“碧云天，黄花地，西风紧，北雁南飞。” ③古戍：古时戍守之处。烽烟：古时边防报警的烽火。斥堠：侦察的人。 ④“不知”句：唐王翰《凉州词》诗：“醉卧沙场君莫笑，古来征战几人回。”

浣溪沙

记绾长条欲别难[①]，盈盈自此隔银湾[②]，便无风雪也摧残。

青雀几时裁锦字[③]，玉虫连夜剪春幡[④]，不禁辛苦况相关[⑤]。

注释

①绾（wǎn）：缠绕打结。长条：柳条，古人临别时有折柳相赠的习俗。 ②盈盈：形容水的清澈。《古诗十九首》：“盈盈一水间，脉脉不得语。”银湾：银河。 ③青雀：青鸟，传说是西王母的信使，后用为信使的代称。锦字：女子寄给丈夫或情人的书信。这句说信使几时带来书信。 ④玉虫：灯花。宋范成大《客中呈幼度》诗：“今朝合有家书到，昨夜灯花缀玉虫。”宋杨万里《和范致能参政寄二绝句》诗：“锦字展来看未足，玉虫挑尽不成眠。”春幡：立春日做的小旗。旧时习俗，在立春之日将其悬挂枝头或戴在头上以示迎春。这句说连夜挑灯剪春幡。 ⑤况：正，适。

浣溪沙

谁念西风独自凉，萧萧黄叶闭疏窗，沉思往事立残阳[①]。

被酒莫惊春睡重[②]，赌书消得泼茶香[③]，当时只道是寻常。

注释

①“沉思”句：语本五代李珣《浣溪沙》：“暗思何事立残阳。” ②被酒：中酒、醉酒。此句谓不要惊醒喝醉了酒的人，好让他在春天里浓睡。 ③“赌书”句：用李清照故事。李清照《金石录后序》谓自己常与丈夫赵明诚比赛看谁的记性好，能记住某事载于某书某卷某页某行。经查检原书，胜者可饮茶以示庆贺。有时举杯大笑，不觉让茶水泼湿衣裳。赌书，查检原书以赌胜负。消得，值得。

浣溪沙

十八年来堕世间[①]，吹花嚼蕊弄冰弦[②]，多情情寄阿谁边[③]？　紫玉钗斜灯影背，红绵粉冷枕函偏[④]，相看好处却无言。

注释

①十八年：唐李商隐《曼倩辞》诗：“十八年来堕世间，瑶池归梦碧桃闲。”据《仙史传·东方朔传》记载，东方朔死后，汉武帝仰天叹息道：“东方朔生在朕旁十八年，而不知是岁星哉。”这句说妻子像天上的仙子，来到人间十八年了。 ②吹花：用叶子吹出声调。嚼蕊：嚼花蕊使口中带有香气。吹花嚼蕊指吹奏、歌唱之事。冰弦：用冰蚕丝做的琴弦。 ③阿谁：谁，什么人。这里指作者自己。边：方位词，“处”的意思。 ④枕函：匣状的枕头。

浣溪沙

莲漏三声烛半条[①]，杏花微雨湿红绡[②]，那将红豆寄无聊[③]。　春色已看浓似酒[④]，归期安得信如潮[⑤]，离魂入夜倩谁招[⑥]。

注释

①莲漏：莲花形的漏器，古代计时器。宋毛滂《武陵春》词："留取笙歌直到明，莲漏已催春。"　②杏花雨：清明前后杏花盛开时的雨。宋志南《绝句》诗："沾衣欲湿杏花雨，吹面不寒杨柳风。"红绡：此指红花。　③那：奈。红豆：相思树所结的果子，古人常用来比喻爱情或相思。唐王维《相思》诗："红豆生南国，春来发几枝？愿君多采撷，此物最相思。"　④"春色"句：金元好问《西园》诗："皇州春色浓如酒，醉煞西园歌舞人。"　⑤信如潮：如信潮，像潮来一样准时。明王次回《错认》诗："夜视可怜明似月，秋期只愿信如潮。"　⑥倩：请。

浣溪沙

身向云山那畔行[①]，北风吹断马嘶声，深秋远塞若为情[②]。
一抹晚烟荒戍垒[③]，半竿斜日旧关城，古今幽恨几时平。

注释

①那畔：那边。　②若为情：何以为情，是怎样的情怀。五代李珣《定风波》词："帘外烟和月满庭，此时闲坐若为情？"　③荒戍垒：荒废的营垒。

浣溪沙

大觉寺[①]

燕垒空梁画壁寒[②]，诸天花雨散幽关[③]，篆香清梵有无间[④]。　蛱蝶乍从帘影度，樱桃半是鸟衔残，此时相对一忘言[⑤]。

注释

①大觉寺：在河北省满城县北。　②燕垒：燕子在屋梁上筑的巢。画壁：寺庙中墙壁上的佛画。隋薛道衡《昔昔盐》："暗牖悬珠网，空梁落燕泥。"　③诸天：佛家传说。佛经上说，三界共有三十二天，故总称诸天。花雨：佛家语，佛祖说法时，感动天神，诸天雨各色香花。幽关：此指悟道之门。　④篆香：饰有篆纹的檀香。清梵：指寺僧清脆入耳的诵经声。有无间：似有若无。　⑤"此时"句：语本《庄子·外物》："言者所以在意，得意而忘言。"此指悟出了道理而又不必言传。

浣溪沙

古北口[①]

杨柳千条送马蹄[②]，北来征雁旧南飞[③]，客中谁与换春衣[④]。　终古闲情归落照[⑤]，一春幽梦逐游丝[⑥]，信回刚道别多时[⑦]。

注释

①古北口：长城上的重要关隘，在今北京密云县东北。②“杨柳”句：唐沈佺期《奉和春日幸望春宫应制》诗：“杨柳千条花欲绽。” ③“北来”句：现在从北方来的大雁正是旧时往南飞的雁。 ④客中：身在外地。 ⑤终古：自古。归：向往。落照：落日。 ⑥幽梦：隐约幽微的梦境。游丝：飘动着的蛛丝。 ⑦刚道：偏要说，硬说。

浣溪沙

凤髻抛残秋草生[①]，高梧湿月冷无声，当时七夕记深盟[②]。 信得羽衣传钿合[③]，悔教罗袜葬倾城[④]，人间空唱雨淋铃[⑤]。

注释

①凤髻抛残：指鬓发散乱。凤髻是古代女子的一种发型。②“当时”句：指唐明皇与杨贵妃曾在七月七盟誓，愿永为夫妇。李商隐《马嵬》诗：“此日六军同驻马，当时七夕笑牵牛。”③羽衣：原指用鸟的羽毛织成的衣服，后代指道士或神仙所穿之衣。这里指道士。钿合：首饰盒。据唐陈鸿《长恨歌传》，杨贵妃死后，有道士从仙界帮她将钿盒带给唐明皇。 ④倾城：绝色美女的代称。 ⑤雨淋铃：据唐郑处诲《明皇杂录补遗》，唐明皇曾作《雨淋铃》曲以悼念杨贵妃。

浣溪沙

败叶填溪水已冰，夕阳犹照短长亭[①]，何年废寺失题名[②]。

倚马客临碑上字[3]，斗鸡人拨佛前灯[4]，劳劳尘世几时醒[5]？

注释

①短长亭：亭，古时设在路旁供行人休息的亭舍。因各亭之间的距离长短不一，故有“长亭”“短亭”之说。　②失题名：指庙宇墙壁上的题名模糊难辨。古人游览庙宇时常题名以资纪念。　③临：临摹。　④斗鸡人：指贵族子弟。唐玄宗好斗鸡，专门豢养了一批斗鸡的小儿，后斗鸡成风，斗鸡者多贵家子弟。⑤劳劳：辛劳忧伤的样子。此句原作“净消尘土礼金经”。

浣溪沙

庚申除夜[1]

收取闲心冷处浓[2]，舞裙犹忆柘枝红[3]，谁家刻烛待春风[4]。　竹叶樽空翻彩燕[5]，九枝灯灺颤金虫[6]，风流端合倚天公[7]。

注释

①庚申除夜：康熙十九年（1680）除夕。　②“收取”句：明王次回《寒词》：“个人真与梅花似，一片幽香冷处浓。”这句说收拾起一切闲心，冷静下来，而思念之情却更浓烈了。　③柘枝：柘枝舞，西北少数民族舞蹈，唐代由西域传入内地。　④刻烛：在蜡烛上刻上刻度以计时。　⑤竹叶：竹叶酒。白居易《钱塘州李苏州以酒寄到》诗：“倾如竹叶盈尊绿，饮作桃花面上红。”彩燕：古代立春日的饰物。这句说竹叶酒喝完了，人人手

舞足蹈，头饰彩燕也随之上下翻动。 ⑥九枝灯：一干九枝的花灯。灺（xiè）：灯烛熄灭。金虫：女子头戴的饰物。这句说灯蕊像颤动的金虫。 ⑦端：真。合：应该，应当。

浣溪沙

万里阴山万里沙[①]，谁将绿鬓斗霜华[②]，年来强半在天涯[③]。 魂梦不离金屈戌[④]，画图亲展玉鸦叉[⑤]，生怜瘦减一分花[⑥]。

注释

①阴山：今河套以北，大漠以南诸山的统称。作者曾于康熙二十二年（1683）二月及同年九月二次扈驾出巡五台山（地近阴山），从词中“斗霜华“之语知，此词作于第二次出巡时。 ②绿鬓：乌黑的头发。霜华：指秋霜。 ③强半：过半，多半。天涯：此指作者出巡到过的边塞地区。 ④金屈戌：门窗上铜制的环钮。作者《浣溪沙·咏五更和湘真韵》亦有“残月暗窥金屈戌”句。 ⑤玉鸦叉：玉制鸦形的叉子。 ⑥生怜：甚怜、最怜。一分花：此指妻子美丽的容颜。明汤显祖《牡丹亭·写真》：“晓寒瘦减一分花。”

浣溪沙

肠断斑骓去未还[①]，绣屏深锁凤箫寒[②]，一春幽梦有无间。

逗雨疏花浓淡改[③]，关心芳草浅深难，不成风月转摧残[④]。

注释

①斑骓：身上有杂色斑纹的马。李商隐《对雪》诗："关河冻合东西路，肠断斑骓送陆郎。" ②凤箫：排箫。 ③逗雨句：明王次回《宾于席上徐霞话旧》诗："时世妆梳浓淡改，儿郎情境浅深知。"意谓春雨撒在稀疏的花上，让花改变了浓淡的颜色，牵惹人的情思的芳草也难辨深浅。 ④不成：难道。风月：男女情爱。

浣溪沙

容易浓香近画屏，繁枝影著半窗横，风波狭路倍怜卿[①]。
未接语言犹怅望[②]，才通商略已懵腾[③]，只嫌今夜月偏明。

注释

①"风波"句：唐元稹《酬周从事望海亭见寄诗》："不辞狂复醉，人世有风波。"明王次回《代所思别后》诗："风波狭路惊团扇，夜月空庭泣浣衣。" ②"未接"句：王次回《和端己韵》诗："未接语言当面笑，暂同行坐夙生缘。" ③商略：商量，商讨。王次回《赋得别梦依依到谢家》诗："今日眼波微动处，半通商略半矜持。"懵腾：迷糊。

浣溪沙

抛却无端恨转长[①]，慈云稽首返生香[②]，妙莲花说试推详[③]。　但是有情皆满愿[④]，更从何处著思量，篆烟残烛并回肠[⑤]。

注释

①“抛却”句：想要抛开无端的愁恨，没想到愁恨反而更加深长了。抛却：丢弃。 ②慈云：佛家语，谓佛以慈悲为怀，如云泽被世界，故称慈云。稽首：叩首跪拜礼。返生香：传说能使死者闻其香气而起死回生的药丸。 ③妙莲花说：《妙法莲花经》，即《法华经》，佛教经典。 ④“但是”句：王次回《和于氏诸子秋词》：“但是有情皆满愿，妙莲花说不荒唐。” ⑤篆烟：篆：盘香或香的烟缕。

浣溪沙

小兀喇[①]

桦屋鱼衣柳作城[②]，蛟龙鳞动浪花腥[③]，飞扬应逐海东青[④]。 犹记当年军垒迹，不知何处梵钟声，莫将兴废话分明[⑤]。

注释

①兀喇：在今吉林省，即乌拉城。作者于康熙二十一年（1682）三月去东北祭祀祖先陵墓时到过此地。词当作于该年。 ②桦屋：用桦木建造的房屋。鱼衣：用鱼皮作衣服，赫哲族人多穿此衣。柳作城：插柳枝围成藩篱以作围墙，禁止外族越过篱笆捕猎、放牧。此句言乌拉城的风俗。 ③“蛟龙”句：传说乌拉城的海底有蛟龙，龙鳞拨动，浪花亦带腥味。 ④“飞扬”句：谓猎人们应追逐着雕鹰飞驰。海东青，鸷鸟名，雕的一种，青色，产于辽东地区。 ⑤话分明：说清楚。

浣溪沙

姜女祠[①]

海色残阳影断霓[②]，寒涛日夜女郎祠[③]，翠钿尘网上蛛丝[④]。　澄海楼高空极目[⑤]，望夫石在且留题[⑥]，六王如梦祖龙非[⑦]。

注释

①姜女祠：孟姜女的祠，在河北省山海关附近，祠前土丘为姜女坟。传说秦始皇征集民夫修筑长城，孟姜女的丈夫杞梁也被征去服役，劳碌而死。孟姜女往哭其夫，把长城都哭倒了。②残阳：夕阳。断霓：断虹。　③女郎祠：指姜女祠。　④“翠钿”句：谓孟姜女神像头上布满灰尘，结满蛛丝。翠钿，翡翠的花钿，古代妇女的一种头饰。　⑤澄海楼：在山海关老龙头，高三丈，临大海，明兵部主事王致中建。　⑥望夫石：传说古代一女子，在山头上日夜盼夫归来，身死化为石。唐王建《望夫石》诗：“望夫处，江悠悠。化为石，不回头。山头日日风复雨，行人归来石应语。”全国望夫石有好几处，此指姜女坟旁的望夫石。⑦六王：指战国时齐、楚、魏、赵、韩、燕六国国君。祖龙：指秦始皇。此句谓六国灭亡了，而消灭六国的秦始皇也不存在了。

浣溪沙

旋拂轻容写洛神[①]，须知浅笑是深颦[②]，十分天与可怜春[③]。　掩抑薄寒施软障[④]，抱持纤影藉芳茵[⑤]，未能无意下香尘[6]。

注释

①旋：随意。轻容：薄纱。这里指用来画画的素绢。唐李贺《恼公》诗："蜀烟飞重锦，峡雨溅轻容。"写：画。洛神：洛水女神宓妃，古诗文中常用来代指美女。这句说随意拂拭素绢为她画像。 ②颦（pín）：皱眉。 ③天与：天生。可怜：可爱。宋范成大《宿东寺》诗："素娥有意十分春。" ④掩抑：抵挡。软障：布幔。这句说怕画中人因衣着单薄感到冷，所以画上布幔挡风。 ⑤藉：践，立。芳茵：华美的地毯。 ⑥香尘：女子步履扬起的灰尘。这里指人间。

浣溪沙

十二红帘窣地深[1]，才移刬袜又沉吟[2]，晚晴天气惜轻阴[3]。 珠衱佩囊三合字[4]，宝钗拢髻两分心[5]，定缘何事湿兰襟[6]。

注释

①十二红：太平鸟的别称。明杨基《十二红图》诗："何处飞来十二红，万年枝上立东风。"十二红帘即绣有十二红的帘幕。宋吴文英《喜迁莺》词："万顷素云遮断，十二红帘钩处。"窣（sū）：下垂。 ②刬（chǎn）袜：只穿袜子而不穿鞋。五代李煜《菩萨蛮》词："袜刬步香阶，手提金缕鞋。" ③轻阴：疏淡的树荫。 ④珠衱（jī）：饰有珠玉的腰带。三合字：在两个香囊上各绣三个半边字，合在一起即成三个字。男女双方各戴一个香

囊以示爱情。宋高观国《思佳客》词：“同心罗帕轻藏素，合字香囊半影金。” ⑤两分心：女子的发型，从中间分开。 ⑥定缘：前世注定的姻缘。何事：为什么。兰襟：衣襟。这句说我俩的姻缘是前世注定的，你为什么还要泪湿衣襟呢?

浣溪沙

红桥怀古和王阮亭韵[1]

无恙年年汴水流[2]，一声水调短亭秋[3]，旧时明月照扬州。

曾是长堤牵锦缆[4]，绿杨清瘦至今愁，玉钩斜路近迷楼[5]。

注释

①红桥：在今江苏扬州市。王阮亭，清代诗人王士祯(1634—1711)，字子真，号阮亭，又号渔洋山人，山东新城人。《清史》有传。 ②汴水：大运河连接黄河至淮河的一段称汴水。唐白居易《长相思》词：“汴水流，泗水流，流到瓜州古渡头，吴山点点愁。” ③水调：古曲调名。短亭：供行人休息的亭子。④长堤：隋堤，隋炀帝时筑。锦缆：隋炀帝下运河时用来牵龙舟的缆绳。 ⑤玉钩斜：隋炀帝葬宫女的墓地，在扬州西。迷楼：隋炀帝时所建楼名，在今扬州西北。

风流子

秋郊即事

平原草枯矣，重阳后、黄叶树骚骚[1]。记玉勒青丝[2]，落花时节，曾逢拾翠[3]，忽听吹箫。今来是，烧痕残碧尽[4]，霜影乱红凋。秋水映空，寒烟如织，皂雕飞处[5]，天惨云高[6]。

人生须行乐，君知否、容易两鬓萧萧[7]。自与东君作别[8]，刬地无聊[9]。算功名何许，此身博得，短衣射虎[10]，沽酒西郊。便向夕阳影里，倚马挥毫。

注释

①骚骚：风吹草木发出的沙沙声。 ②玉勒：玉饰之马衔。青丝：青色丝绳做的马缰绳。此代指骑马郊游。 ③拾翠：拾取翠鸟羽毛做首饰。此句谓曾遇见拾翠鸟羽毛的姑娘。 ④烧痕：野火烧过的痕迹。 ⑤皂雕：一种苍黑色大型猛禽。 ⑥天惨：天色昏暗。 ⑦萧萧：形容头发稀短、衰老的样子。 ⑧东君：司春之神。 ⑨刬（chǎn）地：依旧、照样。 ⑩短衣：打猎时的装束。射虎：用汉飞将军李广故事，形容英雄气概。

画堂春

一生一代一双人[1]，争教两处销魂[2]。相思相望不相亲[3]，天为谁春。 浆向蓝桥易乞[4]，药成碧海难奔[5]。若容相访饮牛津[6]，相对忘贫。

注释

①“一生”句：语本唐骆宾王《代女道士王灵妃赠道士李荣》诗：“相怜相念倍相亲，一生一代一双人。” ②争教：怎教。 ③“相思”句：语本唐王勃《寒夜怀友》诗：“故人故情怀故宴，相望相思不相见。” ④蓝桥：在今陕西蓝田县东南蓝溪上。唐裴铏《传奇》载：裴航途经蓝桥驿，口渴求饮，得遇云

英。裴向其母求婚，老妪告裴，需以玉杵臼为聘。裴访得玉杵臼，遂成婚，捣药百日，双双仙去。⑤“药成”句：反用嫦娥偷吃西王母之灵药奔月宫的故事。此句谓纵有不死之灵药，也很难像嫦娥那样飞入月宫，意即纵有深情却难以相见。⑥饮牛津：晋张华《博物志》载：天河与海通，有人居海渚，每年八月乘浮槎去天河，至则见城郭屋舍俨然，又见一丈夫牵牛饮水，遂问此地何处，答以君还蜀郡问严君平则知。故饮牛津指传说中的天河边，此借指与恋人幽会处。

蝶恋花

辛苦最怜天上月。一昔如环[①]，昔昔都成玦[②]。若似月轮终皎洁，不辞冰雪为卿热[③]。　无那尘缘容易绝[④]。燕子依然，软踏帘钩说[⑤]。唱罢秋坟愁未歇[⑥]，春丛认取双栖蝶[⑦]。

注释

①一昔：即一夕、一夜。下句“昔昔”即夜夜。《左传·哀公四年》：“为一昔之期。”　②玦（jué）：半环形的玉，喻指月缺。③“不辞”句：谓不怕寒冷，为对方送去温暖。　④无那：无奈，无可奈何。　⑤“软踏”句：李贺《贾公闾贵婿曲》：“燕语踏帘钩，日虹屏中碧。”此句谓燕子轻轻地踏在帘钩上呢喃。　⑥“唱罢”句：李贺《秋来》：“秋坟鬼唱鲍家诗，恨血千年土中碧。”此句谓即使是哀悼了亡灵也不能消愁解恨。⑦认取：注视着。取，语助词。双栖蝶，用梁山伯、祝英台死后化蝶的故事。此句谓希望自己死后与妻子化为蝴蝶在花丛中双双飞翔。

蝶恋花

眼底风光留不住[1]。和暖和香[2]，又上雕鞍去[3]。欲倩烟丝遮别路[4]，垂杨那是相思树。　　惆怅玉颜成间阻[5]。何事东风，不作繁华主。断带依然留乞句[6]，斑骓一系无寻处[7]。

注释

①“眼底”句：语本辛弃疾《蝶恋花》：“有底风光留不住。”　②和暖和香：伴着温暖，带着芳香。　③雕鞍：马鞍的美称。　④倩：请。烟丝：烟雾笼罩的杨柳。　⑤玉颜：指亡妻美丽的容貌。间阻：阻隔。　⑥断带：割断了的衣带。乞句：请求（对方）写的诗句。李商隐《柳枝词序》云：商隐从弟李让山在洛中里女子柳枝旁下马，诵商隐《燕台诗》，柳枝便折断柳条结在衣带上，请让山带去向商隐求诗。　⑦斑骓：身上长着花斑纹的马。一系：将马拴在树下。

蝶恋花

散花楼送客[1]

城上清笳城下杵[2]。秋尽离人，此际心偏苦。刀尺又催天又暮[3]，一声吹冷蒹葭浦[4]。　　把酒留君君不住。莫被寒云，遮断君行处。行宿黄茅山店路[5]，夕阳村社迎神鼓[6]。

注释

①散花楼：未详，可能是北京一家酒楼。 ②清笳：凄清的胡笳声。杵（chǔ）：捶衣服用的棒槌。这里指捣衣声。 ③刀尺又催：指赶制寒衣。杜甫《秋兴》诗：“寒衣处处催刀尺，白帝城高急暮砧。” ④“一声”句：一声声凄清的胡笳声和捣衣声使长满芦苇的水滨更添凄冷。蒹葭（jiānjiā）浦：长满芦苇的水滨。《诗经·秦风·蒹葭》：“蒹葭苍苍，白露为霜。” ⑤黄茅山店：指荒村野店。 ⑥村社：祭祀土地神，在每年立春或立秋后第五个戊日举行。

蝶恋花

准拟春来消寂寞[1]。愁雨愁风[2]，翻把春担阁[3]。不为伤春情绪恶，为怜镜里颜非昨[4]。　　毕竟春光谁领略。九陌缁尘[5]，抵死遮云壑[6]。若得寻春终遂约[7]，不成长负东君诺[8]。

注释

①准拟：打算。 ②“愁雨”句：宋张矩《浪淘沙》词：“春梦草茸茸，愁雨愁风。” ③担阁：耽搁，耽误。 ④“不为”句：语本宋秦观《千秋岁》词：“日边清梦断，镜里朱颜改。” ⑤九陌：泛指都城大路。缁（zī）尘：黑色的尘土，此指尘世琐事俗务。 ⑥抵死：总是，老是。云壑：云雾缭绕的山谷，此指远离俗世的清静之所。 ⑦若得：如何能够。遂约：得遂心愿。 ⑧不成：难道。东君：司春之神。

蝶恋花

又到绿杨曾折处[①]。不语垂鞭[②]，踏遍清秋路[③]。衰草连天无意绪[④]，雁声远向萧关去[⑤]。　　不恨天涯行役苦[⑥]。只恨西风，吹梦成今古[⑦]。明日客程还几许，沾衣况是新寒雨。

注释

①绿杨曾折处：曾经折柳赠别的地方。宋吴文英《桃源忆故人》词："潮带旧愁生暮，曾折垂杨处。"　②"不语"句：唐温庭筠《赠知音》诗："景阳宫里钟初动，不语垂鞭上柳堤。"③"踏遍"句：唐李贺《马诗》："何当金络脑，快走踏清秋。"④"衰草"句：宋秦观《满庭芳》词："山抹微云，天连衰草，画角声断谯门。"　⑤萧关：古关名，故址在今宁夏固原县东南。⑥行役：因服役或公务而跋涉在外。《诗经·魏风·陟岵》："嗟！予于行役，夙夜无已。"作者于康熙二十一年（1682）八月出使黑龙江梭龙，此词即作于此时。　⑦"只恨"句：清龚鼎孳《浪淘沙》词："西风吹梦上妆台。"

蝶恋花

萧瑟兰成看老去[①]。为怕多情，不作怜花句。阁泪倚花愁不语[②]，暗香飘尽知何处。　　重到旧时明月路。袖口香寒[③]，心比秋莲苦[④]。休说生生花里住[⑤]，惜花人去花无主[⑥]。

注释

①萧瑟：寂寞凄凉。兰成：北周诗人庾信小字兰成。作者用以自指。杜甫《咏怀古迹》诗：“庾信平生最萧瑟，暮年诗赋动江关。” ②阁泪：含着眼泪。宋佚名《鹧鸪天》词：“尊前只恐伤郎意，阁泪汪汪不敢垂。” ③“袖口”句：语本宋晏几道《西江月》词：“醉帽檐头风细，征衫袖口香寒。” ④“心比”句：语本宋晏几道《生查子》词：“遗恨几时休，心抵秋莲苦。” ⑤生生：世世代代。 ⑥“惜花”句：语本宋辛弃疾《定风波》词：“毕竟花开谁作主，记取，大都花属惜花人。”

蝶恋花

露下庭柯蝉响歇[①]。纱碧如烟[②]，烟里玲珑月[③]。并著香肩无可说[④]，樱桃暗解丁香结[⑤]。　笑卷轻衫鱼子缬[⑥]。试扑流萤[⑦]，惊起双栖蝶[⑧]。瘦断玉腰沾粉叶[⑨]，人生那不相思绝。

注释

①庭柯：庭院中的树木。 ②“纱碧”句：语本李白《乌夜啼》诗：“机中织锦秦川女，碧纱如烟隔窗语。” ③“烟里”句：语本李白《玉阶怨》诗：“却下水晶帘，玲珑望秋月。” ④“并著”句：语本宋秦观《蝶恋花》词：“并倚香肩颜斗玉，鬓角参差，分映芭蕉绿。” ⑤樱桃：指女子像樱桃一样小而红的嘴唇。据唐孟棨《本事诗》：“白尚书（居易）姬人樊素善舞，妓人小蛮善舞，尝为诗曰：‘樱桃樊素口，杨柳小蛮腰。’”后即用来比喻女子的嘴唇。丁香结：丁香的花蕾，比喻郁结的愁思。唐李商隐《代赠》诗：“芭蕉不展丁香结，同向春风各自愁。” ⑥鱼子缬（xié）：一种有鱼子花纹的丝织品。 ⑦“试扑”句：

语本唐杜牧《秋夕》诗："银烛秋光冷画屏，轻罗小扇扑流萤。" ⑧"惊起"句：语本宋陈师道《清平乐》词："冰簟流光团扇坠，惊起双栖燕子。" ⑨玉腰：指蝴蝶。

蝶恋花

出塞

今古河山无定据[1]。画角声中，牧马频来去。满目荒凉谁可语，西风吹老丹枫树。　从前幽怨应无数。铁马金戈[2]，青冢黄昏路[3]。一往情深深几许，深山夕照深秋雨。

注释

①无定据：无准、不定。 ②铁马金戈：指战争。 ③青冢：汉代王昭君的坟墓，在今内蒙古呼和浩特市郊。

蝶恋花

尽日惊风吹木叶[1]。极目嵯峨[2]，一丈天山雪[3]。去去丁零愁不绝[4]，那堪客里还伤别。　若道客愁容易辍。除是朱颜，不共春销歇。一纸乡书和泪摺，红闺此夜团圆月。

注释

①惊风：狂风。 ②嵯峨（cuōé）：形容山势高峻。③"一丈"句：天山：祁连山。这里代指塞外高山。唐李端《雨雪曲》诗："天山一丈雪，杂雨夜霏霏。" ④去去：表示行程之远。丁零：古少数民族名，这里代指作者出远差之地梭龙。

河　传

春浅，红怨，掩双环[①]。微雨花间昼闲，无言暗将红泪弹。阑珊[②]，香销轻梦还[③]。　　斜倚画屏思往事，皆不是[④]，空作相思字[⑤]。记当时，垂柳丝，花枝满庭蝴蝶儿。

注释

①双环：门环。掩双环：关起门来。　②阑珊：精神低落。③“香销”句：语本宋李清照《凤凰台上忆吹箫》词：“被冷香销新梦觉，不许愁人不起。”　④皆不是：都不遂意。　⑤“空作”句：唐韦应物《效何水部》诗：“及覆相思字，中有故人心。”宋辛弃疾《满江红》词：“相思字，空盈幅。相思意，何时足。”

河渎神

凉月转雕阑[①]，萧萧木叶声干[②]。银灯飘落琐窗闲[③]，枕屏几叠秋山[④]。　　朔风吹透青缣被[⑤]，药炉火暖初沸[⑥]。清漏沉沉无寐[⑦]，为伊判得憔悴。[⑧]

注释

①雕阑：即雕栏，雕花的栏杆。　②“萧萧”句：语本宋柳永《倾杯乐》词：“空阶下，木叶飘落，飒飒声干，狂风乱扫。”③琐窗：雕作连锁形花纹的窗。　④枕屏：枕前的屏风。　⑤朔风：北风。青缣（jiān）被：青色细绢缝制成的被子。缣：细绢。唐白居易《冬夜与钱员外同直禁中》诗：“连铺青缣被，对置通

中枕。” ⑥“药炉”句：明王次回《述妇病怀》诗：“无奈药炉初欲沸，梦中已作殷雷声。” ⑦清漏：清晰的滴漏声。漏：古代计时器。 ⑧“为伊”句：语本宋柳永《凤栖梧》词：“衣带渐宽终不悔，为伊消得人憔悴。”

河渎神

风紧雁行高，无边落木萧萧①。楚天魂梦与香销，青山暮暮朝朝②。　断续凉云来一缕，飘堕几丝灵雨③。今夜冷红浦溆④，鸳鸯栖向何处？

注释

①“无边”句：语本杜甫《登高》诗：“无边落木萧萧下，不尽长江滚滚来。” ②“楚天”两句：据宋玉《高唐赋》，楚襄王曾梦见巫山神女，并与她行云雨之事，神女临去时说：“妾在巫山之阳，高丘之阻，旦为朝云，暮为行雨，朝朝暮暮，阳台之下。”后来在诗文中便常用来表示男女之事。“香销”语本宋陆游《沈园》诗：“梦断香消四十年，沈园柳老不吹绵。” ③灵雨：好雨。《诗经·鄘风·定之方中》：“灵雨既零，命彼倌人。”笺：“灵，善也。” ④冷红：秋花。浦溆：水滨。

落花时

夕阳谁唤下楼梯。一握香荑①，回头忍笑阶前立②。总无语、也依依③。　笺书直恁无凭据④。休说相思，劝伊好向红窗醉。须莫及、落花时。

注释

①香荑：荑原为茅草的嫩芽，这里指女子白嫩的手指。《诗经·卫风·硕人》："手如柔荑，肤如凝脂。" ②忍笑：唐韩偓《忍笑》诗："水精鹦鹉钗头颤，举袂佯羞忍笑时。" ③总：纵然，虽然。 ④直恁：竟然如此。宋晏几道《鹧鸪天》词："相思本是无凭语，莫向花笺费泪行。"

金缕曲

赠梁汾[①]

德也狂生耳[②]。偶然间、缁尘京国[③]，乌衣门第[④]。有酒惟浇赵州土[⑤]，谁会成生此意[⑥]。不信道、遂成知己。青眼高歌俱未老[⑦]，向樽前、拭尽英雄泪。君不见，月如水。　共君此夜须沉醉。且由他、蛾眉谣诼[⑧]，古今同忌[⑨]。身世悠悠何足问，冷笑置之而已。寻思起、从头翻悔。一日心期千劫在[⑩]，后身缘、恐结他生里[⑪]。然诺重[⑫]，君须记。

注释

①梁汾：顾贞观（1637—1714），字华峰，号梁汾。江苏无锡人，著有《弹指词》，与纳兰性德交情颇深。 ②德：作者原名纳兰成德。狂生：狂放不羁的人。 ③缁（zī）尘：风尘。京国：京城，此指北京。 ④乌衣门第：意即贵族之家。晋代王、谢望族住在南京的乌衣巷，故称。 ⑤"有酒"句：语本李贺《浩歌》："买丝绣作平原君，有酒唯浇赵州土。"意谓后世既无好养士的赵国公子平原君，惟当买丝绣其形而奉之，取酒浇其墓（赵州土）而吊之。作者乃权相明珠长子，故以平原君自况。以

酒浇土，表示致敬、祭酹。 ⑥成生：纳兰原名成德，故用以自指。 ⑦“青眼”句：反用杜甫《短歌行·赠王郎司直》：“青眼高歌望吾子，眼中之人我老矣。”因作者与顾贞观当时都很年轻，故云“俱未老”。青眼，表示敬重。晋代阮籍为人能作青白眼，见礼俗之士便翻白眼，见高人雅士则为青眼（露出眼珠）。 ⑧蛾眉谣诼：谓受到小人诽谤。屈原《离骚》：“众女嫉余之娥眉兮，谣诼谓余以善淫。” ⑨古今同忌：意即这种嫉贤妒能的事自古皆然。 ⑩心期：两相期许。劫：佛经言天地的形成到毁灭为一劫。此句谓你我一旦心相期许，结为知音，即便是横遭千劫，友谊也永恒长存。 ⑪后身缘：佛教认为人死后尚能来世再生。 ⑫然诺重：坚守信义。然诺，答应。

金缕曲

姜西溟言别，赋此赠之[①]

谁复留君住？叹人生、几番离合，便成迟暮[②]。最忆西窗同剪烛，却话家山夜雨[③]。不道只、暂时相聚。滚滚长江萧萧木[④]，送遥天、白雁哀鸣去。黄叶下，秋如许。 曰归因甚添愁绪[⑤]。料强似、冷烟寒月，栖迟梵宇[⑥]。一事伤心君落魄，两鬓飘萧未遇。有解忆、长安儿女[⑦]。裘敝入门空太息[⑧]，信古来、才命真相负。身世恨，共谁语？

注释

①姜西溟：即清初作家姜宸英（1628—1699），字西溟，又字湛园，浙江慈溪人，擅词章，工书画，著有《湛园未定稿》八卷、《苇间诗集》十卷等。康熙十七年（1678）来京，被性德留

居府邸。次年秋，宸英以母丧返家，性德赋此词送别。 ②迟暮：喻指衰老。 ③“最忆”二句：李商隐《夜雨寄北》：“何当共剪西窗烛，却话巴山夜雨时。” ④“滚滚”句：杜甫《登高》：“无边落木萧萧下，不尽长江滚滚来。” ⑤曰归：即归家，曰，语助词。 ⑥栖迟：淹留、隐遁。梵宇：寺庙。 ⑦“有解忆”句：杜甫《月夜》：“遥怜小儿女，未解忆长安。”此反用其意。 ⑧裘敝：破烂的衣服。此句谓西溟不第而归，徒自叹息。

金缕曲

简梁汾[①]

洒尽无端泪。莫因他、琼楼寂寞[②]，误来人世。信道痴儿多厚福[③]，谁遣偏生明慧。莫更着、浮名相累[④]。仕宦何妨如断梗[⑤]，只那将、声影供群吠[⑥]。天欲问，且休矣。　　情深我自判憔悴[⑦]。转丁宁、香怜易爇，玉怜轻碎[⑧]。羡煞软红尘里客[⑨]，一味醉生梦死。歌与哭、任猜何意。绝塞生还吴季子[⑩]，算眼前、此外皆闲事。知我者，梁汾耳。

注释

①题一作“简梁汾时方为吴汉槎作归计”。简：简札、书信，此作动词用。吴汉槎：顾贞观之友吴兆骞（1631—1684），字汉槎，江苏吴江人，著有《秋笳集》。顺治十四年（1657）以科场案被告发“舞弊”，遣戍宁古塔（今黑龙江境内），居塞二十三年，后经纳兰性德、徐乾学相救，康熙二十年（1681）蒙恩赎回。作归计：想赎回吴汉槎的办法。 ②琼楼：指仙界楼台或月中宫殿。 ③信道：早知。 ④“莫更着”句：劝慰之语，希望

对方不要为浮名所累。 ⑤断梗：断枝。 ⑥声影供群吠：意谓被人无端诬陷。俗语说：“一犬吠形，百犬吠声。” ⑦判：同“拚”，音 pàn。此谓对友人深情相思，纵使形容憔悴，亦心甘情愿。 ⑧“香怜”二句：香草易于点燃，美玉易于破碎，意即世上好物不坚牢。爇（ruò），焚烧。 ⑨软红尘里客：指热衷功名利禄的人。软红尘，指都市繁华。 ⑩吴季子：春秋时吴国的季札，封于延陵，故称延陵季子。此代指吴汉槎。

金缕曲

寄梁汾

木落吴江矣[①]。正萧条、西风南雁，碧云千里。落魄江湖还载酒[②]，一种悲凉滋味。重回首、莫弹酸泪。不是天公教弃置，是南华、误却方城尉[③]。飘泊处，谁相慰。 别来我亦伤孤寄[④]。更那堪、冰霜摧折，壮怀都废。天远难穷劳望眼，欲上高楼还已[⑤]。君莫恨、埋愁无地。秋雨秋花关塞冷，且殷勤、好作加餐计[⑥]。人岂得，长无谓[⑦]。

注释

①吴江：吴淞江，这里代指顾贞观的原籍无锡。 ②“落魄”句：唐杜牧《遣怀》诗：“落魄江湖载酒行，楚腰纤细掌中轻。” ③南华：《南华经》的简称，即《庄子》一书。方城尉：晚唐诗人温庭筠曾被贬为方城（今河南方城县）尉，曾自谓“因知此恨人多积，悔读《南华》第二篇”。这里借指顾贞观，意谓顾贞观的落魄不是天公所致，而是因为受《庄子》影响太深。④孤寄：单身旅居外地。南朝鲍照《绍古辞》诗：“不怨身孤寄，

但念星隐隅。” ⑤“天远”句：宋辛弃疾《满江红》词：“天远难穷休久望，楼高欲下还重倚。” ⑥加餐：增进饮食。《古诗十九首》：“弃捐勿复道，努力加餐饭。” ⑦“人岂得”句：无谓：无所作为。唐李商隐《无题》诗：“人生岂得长无谓，怀古思乡共白头。”

金缕曲

再赠梁汾用秋水轩旧韵[①]

酒涴青衫卷[②]。尽从前、风流京兆[③]，闲情未遣。江左知名今廿载[④]，枯树泪痕休泫[⑤]。摇落尽、玉蛾金茧[⑥]。多少殷勤红叶句，御沟深、不似天河浅[⑦]。空省识，画图展[⑧]。 高才自古难通显。枉教他、堵墙落笔，凌云书扁[⑨]。入洛游梁重到处[⑩]，骇看村庄吠犬。独憔悴、斯人不免[⑪]。衮衮门前题凤客[⑫]，竟居然、润色朝家典[⑬]。凭触忌，舌难剪[⑭]。

注释

①秋水轩：明末清初孙承泽的别墅，在北京城西，为文人经常聚集之所。后来周亮工之子周在浚借居于此，聚集了许多名士诗词唱和，后辑为《秋水轩倡和词》。此词即用其韵而成。
②涴（wò）：弄脏。宋吴文英《恋绣衾》词：“少年娇马西风冷，旧青衫、犹涴酒痕。” ③风流京兆：京兆：官名，京兆尹的省称。据《汉书·张敞传》，张敞曾为京兆尹，为妻子画眉，被人目为风流。这句是说顾贞观像张敞一样名士风流。 ④江左：长江下游以东地区。因顾贞观是无锡人，故云。 ⑤“枯树”句：南朝诗人庾信曾作《枯树赋》，其晚年作品多乡关之思。又据

《世说新语》，桓温北征时见以前所种柳树已长成数十围，执枝泫然流涕。这句劝慰顾贞观不要悲伤。 ⑥玉蛾金茧：杨花柳絮。清吴绮《柳含烟·咏柳》词："江南路，柳丝垂。多少齐梁旧事。玉蛾金茧霏霏，挂斜晖。" ⑦"多少"句：用唐人红叶题诗的典故。据有关记载，有人在御沟中发现一片红叶上有宫女的题诗，后来竟与题诗人结为良缘。这是非常难得的事，故用来比喻在朝为官难于登天。 ⑧"空省识"句：省识：略识。唐杜甫《咏怀古迹》诗："画图省识春风面，环佩空归夜月魂。"据《西京杂记》记载，汉元帝命画工为宫女画像，凭画像选择宠幸的对象。这是用王昭君的美貌不被赏识的典故比喻朝廷对人才的轻忽。 ⑨堵墙：比喻人多密集。杜甫《莫相疑行》诗："集贤学士如堵墙，观我落笔中书堂。"凌云书扁：用三国韦诞事。魏明帝建凌云殿，匾还没有题就被匠人钉上去了，明帝就命韦诞搭梯子直接在匾上题字。题毕，韦诞已是鬓发尽白，气喘吁吁，于是告诫子孙不要学习书法。事见《世说新语·言语》及《晋书·王献之传》。这里是说朝廷对人才不敬重，用非其道。 ⑩入洛游梁：入洛：用陆机、陆云兄弟入洛之典比喻到京都，事见《晋书·陆机传》。游梁：用司马相如游梁事比喻与名士交游，事见《汉书·司马相如传》。 ⑪"独憔悴"句：语本杜甫《梦李白》诗："冠盖满京华，斯人独憔悴。" ⑫衮（gǔ）衮：连续不断，众多。题凤客：据《世说新语·简傲》，吕安因看不起嵇喜，故在他门上题一"凤"字而去，繁体"凤"即"凡鸟"之意，暗喻嵇喜之平庸，后即以指平庸之人。 ⑬朝家典：朝廷典册文书。以下两句说那些才疏学浅的人居然也能进入朝廷修撰典册文书。 ⑭触忌：触犯忌讳。舌难剪：鹦鹉的舌头经修剪之后可学人说话。这两句指顾贞观哪怕触犯朝廷忌讳也不会改变刚直不阿的本性。

金缕曲

生怕芳樽满[1]。到更深、迷离醉影，残灯相伴。依旧回廊新月在，不定竹声撩乱。问愁与、春宵长短。人比疏花还寂寞，任红蕤[2]、落尽应难管。向梦里，闻低唤。　　此情拟倩东风浣[3]。奈吹来、余香病酒[4]，旋添一半。惜别江郎浑易瘦[5]，更著轻寒轻暖[6]。忆絮语、纵横茗碗[7]。滴滴西窗红蜡泪，那时肠、早为而今断。任枕角，欹孤馆。

注释

①芳樽：精美的酒杯。唐骆宾王《别李峤得胜字》诗："芳樽徒自满，别恨转难胜。"　②红蕤：花萼。　③倩：请。浣：洗。　④余香病酒：金蔡松年《尉迟杯》词："觉情随、晓马东风，病酒余香相伴。"　⑤江郎：即南朝江淹，写有著名的《别赋》。　⑥轻寒轻暖：元黄庚《宴客东园》诗："酒当半醉半醒处，春在轻寒轻暖中。"　⑦"忆絮语"句：与友人边品茶边低语，议论纵横。

金缕曲

慰西溟[1]

何事添凄咽。但由他、天公簸弄[2]，莫教磨涅[3]。失意每多如意少，终古几人称屈。须知道、福因才折。独卧藜床看北斗[4]，背高城、玉笛吹成血。听谯鼓[5]，二更彻。　　丈夫未肯因人热[6]。且乘闲、五湖料理[7]，扁舟一叶。泪似秋霖挥不尽[⑧]，洒向野田黄蝶。须不羡、承明班列[⑨]。马迹车尘忙未了，任西风、吹冷长安月[⑩]。又萧寺[⑪]，花如雪。

注释

①西溟：即姜宸英。 ②簸弄：作弄、玩弄。 ③磨涅：磨砺侵染，比喻经受考验或外界影响。《论语·阳货》："不曰坚乎？磨而不磷；不曰白乎？涅而不缁。" ④藜床：用藜茎编制的一种藤床。北斗：指北斗七星，古代常用以喻指朝廷。 ⑤谯鼓：城楼上的更鼓声。古时于城门望楼上置鼓，称之鼓楼，击鼓以报时。 ⑥"丈夫"句：谓大丈夫不应因求官不成而躁急。 ⑦五湖：指太湖。传说范蠡协助勾践灭吴国后，曾隐居太湖。料理：安排、处置。"五湖"二句谓效仿范蠡浮舟五湖，隐居自乐。 ⑧秋霖：秋雨。 ⑨承明：即承明庐，汉代侍臣值宿所居之地，后用以作入朝作官之典。班列：皇帝的侍从排班列队。 ⑩吹冷长安月：指在京为官的希望破灭了。长安，汉唐首都，后代指朝廷。 ⑪萧寺：佛寺。姜宸英居京时曾寓佛寺。

金缕曲

亡妇忌日有感[①]

此恨何时已[②]。滴空阶、寒更雨歇，葬花天气[③]。三载悠悠魂梦杳[④]，是梦久应醒矣。料也觉、人间无味。不及夜台尘土隔[⑤]，冷清清、一片埋愁地。钗钿约[⑥]，竟抛弃。 重泉若有双鱼寄[⑦]。好知他、年来苦乐，与谁相倚。我自终宵成转侧，忍听湘弦重理[⑧]。待结个、他生知己。还怕两人俱薄命，再缘悭、剩月零风里[⑨]。清泪尽，纸灰起。

注释

①亡妇忌日：据1977年出土的《皇清纳腊（兰）氏卢氏墓志铭》："卢氏年十八妇……康熙十六年（1677）五月卒，春秋二十有一，生一子海亮。"词中有"三载悠悠魂梦杳"之句，故知此词写于康熙十九年（1680）农历五月三十日。 ②"此恨"句：语本唐李之仪《卜算子》词："此水几时休，此恨何时已?" ③葬花天气：卢氏死于农历五月三十日，正是落花时节，故称。此句亦指卢氏之亡如花之凋谢。 ④三载：指卢氏死去已三年。⑤夜台：坟墓。李白《哭善酿纪叟》："夜台无李白，沽酒与何人。" ⑥钗钿约：指夫妻之间的爱情盟约。钗钿，即女子头上的饰物"金钗""钿合"。白居易《长恨歌》："但令心似金钿坚，天上人间会相见。" ⑦重泉：即黄泉、九泉，此指坟墓。双鱼：书信。古时将书信置于鲤鱼腹中以传送给对方。 ⑧湘弦：湘灵鼓瑟之弦。湘灵，湘水之神，传说为舜帝之妃。 ⑨缘悭（qiān）：指夫妻的缘分少。悭，欠缺。剩月零风：指好景不长。

金缕曲

疏影临书卷。带霜华、高高下下，粉脂都遣[①]。别是幽情嫌妩媚，红烛啼痕休泫[②]。趁皓月、光浮冰茧[③]。恰与花神供写照[④]，任泼来、淡墨无深浅。持素障[⑤]，夜中展。 残釭掩过看逾显[⑥]。相对处、芙蓉玉绽，鹤翎银扁[⑦]。但得白衣时慰藉[⑧]，一任浮云苍犬[⑨]。尘土隔、软红偷免[⑩]。帘幕西风人不寐，恁清光、肯惜鹴裘典[⑪]。休便把、落英剪。

注释

①“疏影”句：疏朗的花影高低不齐地映在书卷上，只带着霜华，颜色和香气都消失了。 ②“别是”两句：谓花儿别具风情，故不须红烛高照。 ③冰茧：冰蚕织的茧，此指用茧丝制成的洁白的纸。此句意为月光照在花枝上就如同照在洁白的冰茧上。 ④“恰与”句：花的形与神互相映照。 ⑤素障：白绢屏障。 ⑥残釭：残灯，将要熄灭的灯。这句说将残灯遮掩起来，花影显得更加明显。 ⑦“相对”句：鹤翎：本指鹤的羽毛，这里比喻白色的花瓣。扁：薄。这句说像绽开的芙蓉花洁白如玉，处处是银白色的花瓣。 ⑧白衣：指酒。 ⑨浮云苍犬：杜甫《可叹》诗：“天上浮云如白衣，须臾改变如苍狗。”比喻世事无常，变化剧烈。这两句说只要有酒，就不管世事如何变化了。 ⑩软红：软红尘，即世俗的热闹繁华。宋苏轼《次韵蒋颖叔钱穆父从驾景灵宫》诗：“半白不羞垂领发，软红犹恋属车尘。”自注：“前辈戏语，有西湖风月，不如东华软红香土。” ⑪恁：这样。鹴裘：用鹔鹴鸟的羽毛制成的长袍。典：典当。

踏莎美人

清　明

拾翠归迟[①]，踏青期近[②]，香笺小叠邻姬讯[③]。樱桃花谢已清明，何事绿鬟斜亸、宝钗横[④]。　　浅黛双弯[⑤]，柔肠几寸，不堪更惹其他恨。晓窗窥梦有流莺，也觉个侬憔悴[⑥]、可怜生[⑦]。

注释

①拾翠：本意是拾取翠鸟的羽毛作首饰，后指女子游春。杜甫《秋兴》诗："佳人拾翠春相问，仙侣同舟晚更移。" ②踏青：清明前后的郊游。唐吴融《闲居有作》诗："踏青堤上烟多绿，拾翠江边月更明。" ③香笺小叠：女子的书信。邻姬：邻家女子。唐韩偓《偶见》诗："小叠红笺书恨字，与奴方便寄卿卿。"宋朱淑真《约游春不去》诗："邻姬约我踏青游，强拂愁眉下小楼。"讯：通"信"。 ④绿鬟：乌黑的头发。亸（duǒ）：下垂。宋欧阳修《阮郎归》词："翠鬟斜亸语声低。"这两句是邻姬信中的话。 ⑤浅黛：女子画得很淡的眉毛。 ⑥个侬：这个人或那个人。 ⑦生：用在形容词词尾，无义。

红窗月

燕归花谢，早因循、又过清明[①]。是一般风景，两样心情。犹记碧桃影里、誓三生[②]。 乌丝阑纸娇红篆[③]，历历春星[④]。道休孤密约[⑤]，鉴取深盟[⑥]。语罢一丝香露、湿银屏[⑦]。

注释

①"早因循"句：因循：迟延。宋王雱《倦寻芳慢》词："算韶华，又因循过了，清明时候。" ②三生：佛家语，指人的前生、今生和来生。 ③乌丝阑纸：有黑色线格的纸。篆：印章。 ④历历：清晰的样子。 ⑤孤：辜负。 ⑥鉴取：察照。 ⑦银屏：镶有银饰的屏风。

南歌子

翠袖凝寒薄[①]，帘衣入夜空[②]。病容扶起月明中。惹得一丝残篆[③]、旧熏笼。　　暗觉欢期过，遥知别恨同。疏花已是不禁风，那更夜深清露、湿愁红[④]。

注释

①“翠袖”句：凝寒：严寒。杜甫《佳人》诗：“天寒翠袖薄，日暮倚修竹。”　②帘衣：帘子。空：空寂。　③残篆：将要燃尽的篆字形的香。　④“那更”句：五代鹿虔扆《临江仙》词：“清露泣香红。”五代张泌《临江仙》词：“烟收湘渚秋江静，蕉花露泣愁红。”

南歌子

暖护樱桃蕊，寒翻蛱蝶翎。东风吹绿渐冥冥[①]。不信一生憔悴、伴啼莺。　　素影飘残月[②]，香丝拂绮棂[③]。百花迢递玉钗声[④]，索向绿窗寻梦、寄余生[⑤]。

注释

①冥冥：这里指绿色渐深而显得暗。　②素影：月影。唐杜审言《和康五庭芝望月有怀》诗：“雾濯清辉苦，风飘素影寒。”③香丝：柳枝。又指女子的头发。绮棂：雕花的窗棂。　④迢递：远。　⑤索：应，须。绿窗：绿纱窗。

南歌子

古　戍[①]

古戍饥乌集，荒城野雉飞。何年劫火剩残灰[②]。试看英雄碧血、满龙堆[③]。　玉帐空分垒[④]，金笳已罢吹[⑤]。东风回首尽成非。不道兴亡命也、岂人为[⑥]。

注释

①古戍：指古代将士守边的地方，一般有营垒、烽火台等设施。　②劫火：指世界毁灭时所起的大火，后亦借指灾火、兵火等。　③碧血：指志士仁人所流的血。《庄子·外物》："伍员流于江，苌弘死于蜀，藏其血，三年化而为碧。"龙堆：沙漠名，在今新疆境内。　④玉帐：军中将帅所居军帐的美称。　⑤金笳：笳的美称。笳是古代北方民族的一种乐器，类似笛子。　⑥"不道"二句：《国语·晋语》："国之兴亡，天命也。"

一络索

过尽遥山如画。短衣匹马[①]。萧萧木落不胜秋[②]，莫回首、斜阳下。　别是柔肠萦挂。待归才罢。却愁拥髻向灯前[③]，说不尽、离人话。

注释

①"短衣"句：语本杜甫《曲江》诗："短衣匹马随李广，看射猛虎终残年。"　②"萧萧"句：杜甫《登高》诗："无边

落木萧萧下，不尽长江滚滚来。” ③“拥髻”句：汉伶玄《飞燕外传》附《伶玄自叙》：“通德（伶玄妾）占袖，顾示烛影，以手拥髻，凄然泣下，不胜其悲。”宋刘辰翁《宝鼎现》词：“又说向、灯前拥髻，暗滴鲛珠坠。”

一络索

野火拂云微绿[①]。西风夜哭。苍茫雁翅列秋空，忆写向、屏山曲[②]。 山海几经翻覆。女墙斜矗[③]。看来费尽祖龙心[④]，毕竟为、谁家筑。

注释

①野火：磷火，即俗称的“鬼火。” ②屏山：像山一样曲折的屏风。 ③女墙：城墙上呈凸凹形的矮墙。 ④祖龙：秦始皇。

赤枣子

惊晓漏，护春眠[①]。格外娇慵只自怜。寄语酿花风日好[②]，绿窗来与上琴弦[③]。

注释

①“惊晓漏”两句：早晨的漏声将人惊醒，但人却依然贪睡不起。 ②酿花：促花开放。 ③“绿窗”句：唐赵光远《咏手》诗：“捻玉搓琼软复圆，绿窗谁见上琴弦。”

眼儿媚

林下闺房世罕俦[①]，偕隐足风流[②]。今来忍见，鹤孤华表[③]，人远罗浮[④]。　　中年定不禁哀乐[⑤]，其奈忆曾游。浣花微雨，采菱斜日，欲去还留。

注释

①“林下”句：林下：形容闲雅、超脱。《世说新语·贤媛》：“谢遏绝重其姊，张玄常称其妹，欲以敌之。有济尼者，并游张谢二家，人问其优劣，答曰：‘王夫人（按指谢遏姊道韫）神情散朗，故有林下风气；顾家妹（按指张玄之妹）清心玉映，自是闺房之秀。’”俦：同类。这句意谓其人不同凡类。　②偕隐：夫妻一起隐居。　③“鹤孤”句：华表：古代宫殿、城垣或陵墓前所立石柱。据《搜神后记》，辽东人丁令威在灵虚山学道成仙，后化鹤归来，落于城门华表柱。有少年想射它，鹤说：“有鸟有鸟丁令威，去家千年今始归。城郭如故人民非，何不学仙冢累累。”后以鹤归华表比喻去世。　④罗浮：罗浮山，在广东省。据唐柳宗元《龙城录》，赵师雄迁罗浮，曾在松下见一美人淡妆素服，芳香袭人，与之共饮而醉，酒醒后却发现自己在梅花树下。　⑤“中年”句：南朝宋刘义庆《世说新语·言语》：“谢太傅语王右军曰：‘中年伤于哀乐，与亲友别，辄作数日恶。’”

眼儿媚

咏红姑娘[①]

骚屑西风弄晚寒[②]，翠袖倚阑干[③]。霞绡裹处[④]，樱唇微绽[⑤]，靺鞨红殷[⑥]。　　故宫事往凭谁问[⑦]，无恙是朱颜[⑧]。玉墀争采[⑨]，玉钗争插，至正年间[⑩]。

注释

①红姑娘：酸浆草的别称，开白花，结红果。　②骚屑：指风声。汉刘向《九叹》："风骚屑以摇木兮，云吸吸以湫戾。"③"翠袖"句：宋苏轼《江城子》词："知道故人相念否，携翠袖，倚朱阑。"这里以拟人手法写红姑娘。　④霞绡：云霞似的轻纱，这里比喻花萼。　⑤樱唇：比喻红色的果实。　⑥靺鞨（mòhé）：红宝石。这里比喻红姑娘的颜色。　⑦故宫：指元故宫。　⑧"无恙"句：意谓红姑娘一直保持鲜红的颜色。　⑨玉墀：宫殿前的台阶，这里指宫女。　⑩至正：元顺帝的年号（1341—1368）。

眼儿媚

中元夜有感[①]

手写香台金字经[②]，惟愿结来生。莲花漏转[③]，杨枝露滴[④]，想鉴微诚。　　欲知奉倩神伤极[⑤]，凭诉与秋檠[⑥]。西风不管，一池萍水，几点荷灯。

注释

①中元：农历七月十五。民间旧俗于这一天祭祀亡故亲人，寺庙则作盂兰盆会，在水上放荷灯，诵经超度亡灵。 ②香台：指佛殿。金字经：用金泥书写的佛经。 ③莲花漏：形如莲花的漏器，古代计时器。莲花漏转指时光流转，同时又双关佛教。莲花为佛门妙法，《莲花经》为佛门经典，莲花界为佛地，莲花台为佛坐具。 ④杨枝露：佛教中杨枝水指能使万物复苏的甘露。⑤奉倩：三国魏人荀粲字奉倩，他的妻子病故，他“不哭而神伤”。 ⑥秋檠：秋灯。

眼儿媚

咏 梅

莫把琼花比淡妆①，谁似白霓裳②。别样清幽，自然标格③，莫近东墙④。 冰肌玉骨天分付⑤，兼付与凄凉。可怜遥夜，冷烟和月，疏影横窗⑥。

注释

①琼花：扬州绝世之名贵花种。宋韩琦《后土祠琼花》：“维扬一枝花，四海无同类。”淡妆：指白梅。 ②霓裳：以霓为裳，比喻服饰之美。此以白霓裳比喻白梅花之色泽艳丽。 ③标格：风范、风度。 ④莫近东墙：东墙因光线不充足，花易憔悴，故云。 ⑤冰肌玉骨：形容女子体态之洁白美好，此喻白梅姣好。天分付：谓白梅美丽的色泽、仪态是上天赋予的。 ⑥疏影：形容梅枝稀疏的影子。宋林逋《山园小梅》诗：“疏影横斜水清浅，暗香浮动月黄昏。”

眼儿媚

独倚春寒掩夕扉，清露泣铢衣[1]。玉箫吹梦，金钗画影，悔不同携。　　刻残红烛曾相待[2]，旧事总依稀。料应遗恨，月中教去，花底催归。

注释

①铢衣：极轻极薄的衣服。　②“刻残”句：指红烛烧残，时间消逝。古人以刻烛计时。

眼儿媚

重见星娥碧海查[1]，忍笑却盘鸦[2]。寻常多少，月明风细，今夜偏佳。　　休笼彩笔闲书字[3]，街鼓已三挝[4]。烟丝欲袅，露光微泫[5]，春在桃花。

注释

①星娥：神话传说中的织女。查：同“槎”，木筏子。②盘鸦：女子梳头。　③“休笼”句：唐赵光远《咏手》诗：“慢笼彩笔闲书字，斜指瑶阶笑打钱。”笼：握。　④街鼓：更鼓。挝（zhuā）：击鼓。　⑤“露光”句：南朝宋谢灵运《从斤竹涧越岭溪行》诗：“岩下云方合，花上露犹泫。”泫：下滴。

荷叶杯

帘卷落花如雪[1]，烟月。谁在小红亭？玉钗敲竹乍闻声[2]，风影略分明。　　化作彩云飞去[3]，何处？不隔枕函边[4]。一声将息晓寒天[5]，肠断又今年。

注释

①“帘卷”句：唐宋之问《寒食还陆浑别业》诗：“洛阳城里花如雪，陆浑山中今始发。”　②“玉钗”句：唐高适《听张立本女吟》诗：“自把玉钗敲彻竹，清歌一曲月如霜。”　③“化作”句：唐李白《宫中行乐词》：“只愁歌舞散，化作彩云飞。”④枕函：枕头。　⑤将息：劝人保重。

荷叶杯

知己一人谁是[1]，已矣。赢得误他生[2]。有情终古似无情[3]，别语悔分明。　　莫道芳时易度，朝暮。珍重好花天。为伊指点再来缘[4]，疏雨洗遗钿。

注释

①“知己”句：清朱彝尊《百字令》词：“滔滔天下，不知知己谁是。”　②他生：来生。　③“有情”句：宋柳永《清平乐》词：“多情争似无情。”　④再来缘：来世的姻缘，用韦皋、韩玉箫事，见前《采桑子》（土花曾染湘娥黛）注。

梅梢雪

元夜月蚀[①]

星球映彻[②]，一痕微褪梅梢雪。紫姑待话经年别[③]，窃药心灰[④]，慵把菱花揭[⑤]。　　踏歌才起清钲歇[⑥]，扇纨仍似秋期洁[⑦]。天公毕竟风流绝，教看蛾眉[⑧]，特放些时缺[⑨]。

注释

①元夜：即元宵。月蚀：即月食。　②星球：一团团的烟火。　③紫姑：传说中的神仙，又名子姑、坑三姑。南朝宋刘敬叔《异苑》载，紫姑为李景妾，于正月十五日被景妻害死于厕间，死后为神。　④窃药：用嫦娥偷吃西王母不死之灵药后奔月的故事。　⑤菱花：菱花镜。多呈六角形或背面刻有菱花者。⑥踏歌：众人拉手，踏地为节拍而唱歌。清钲歇：指锣声停止，表示月食结束。钲（zhēng），古代军中乐器，行军时敲击以节制步伐。古代习俗，认为月食是月亮被天狗吃掉了，因而月食时敲锣以吓退天狗。　⑦扇纨：指纨扇，白色丝绢做的团扇。秋期：指七夕，牛郎织女相聚之日。　⑧蛾眉：形容女子细长的眉毛，此喻月食时部分明亮处。　⑨些时：片时，一会儿。

木兰花令

拟古决绝词[①]

人生若只如初见，何事秋风悲画扇[②]。等闲变却故人心[③]，却道故心人易变。　　骊山语罢清宵半[④]，泪雨霖铃终不怨[⑤]。

何如薄鹣锦衣郎[6]，比翼连枝当日愿。

注释

①古决绝词：古诗《白头吟》：“闻君有两意，故来相决绝。”唐元稹有《古决绝词》三首。 ②“何事”句：用汉班婕妤故事。班婕妤为汉成帝妃，被赵飞燕谗害，退居冷宫，作《怨歌行》诗，以秋扇为喻抒发遭弃的怨情。后世遂以秋扇见捐指女子被人遗弃。 ③等闲：轻易地，平平常常。故人：情人。④“骊山”句：唐明皇与杨贵妃曾于七月七日夜在华清宫长生殿里进行爱情盟誓。白居易《长恨歌》：“七月七日长生殿，夜半无人私语时。在天愿作比翼鸟，在地愿为连理枝。天长地久有时尽，此恨绵绵无绝期。”语罢，原作“雨罢”。 ⑤“泪雨”句：唐郑处诲《明皇杂录》载，唐明皇奔蜀途中夜雨闻铃声，隔山相应，明皇伤悼刚死去的贵妃，遂采其声为《雨霖铃曲》以寄恨。此句反用其意，说即使最后诀别，也不生怨。 ⑥薄倖：薄情。锦衣郎：指唐明皇。此二句谓对方连薄情的唐明皇也不如，因为他虽赐死贵妃，可终究还是与贵妃有过一段刻骨铭心的爱恋。

长相思

山一程[1]，水一程。身向榆关那畔行[2]，夜深千帐灯。
风一更[3]，雪一更。聒碎乡心梦不成[4]，故园无此声。

注释

①一程：一站。 ②榆关：即山海关，因在河北临榆县，故称。那畔：那边。 ③一更：一阵。 ④聒碎乡心：吵闹声把思乡的梦搅碎。聒（guō），吵闹声。

朝中措

蜀弦秦柱不关情[①]，尽日掩云屏[②]。已惜轻翎退粉[③]，更嫌弱絮为萍[④]。　　东风多事，余寒吹散，烘暖微酲[⑤]。看尽一帘红雨[⑥]，为谁亲系花铃[⑦]。

注释

①蜀弦秦柱：指筝瑟。相传筝为秦蒙恬所造，故称秦筝、秦柱。关情：动情。　②云屏：云母屏风。　③轻翎：蝶翅。退粉：宋罗大经《鹤林玉露》载："杨东山言《道藏经》云：蝶交则粉退，蜂交则黄退。"　④弱絮为萍：过去传说柳絮落水变为浮萍。　⑤烘暖微酲：指东风和煦，暖意融融，令人陶醉。微酲：微醉。　⑥红雨：落花纷纷如雨。　⑦花铃：为防鸟雀伤花而系在花上的护花铃。

寻芳草

萧寺纪梦[①]

客夜怎生过[②]，梦相伴、绮窗吟和[③]。薄嗔佯笑道[④]，若不是恁凄凉，肯来么？　　来去苦匆匆，准拟待[⑤]、晓钟敲破。乍偎人、一闪灯花堕，却对着、琉璃火[⑥]。

注释

①萧寺：泛指佛寺。　②怎生：怎样。　③吟和：吟诗唱和。　④薄嗔：假意嗔怪。嗔（chēn），怒，生气。　⑤准拟：

准备、打算。杨万里《伤春》："准拟今春乐事浓，依旧枉却一东风。" ⑥琉璃火：指寺庙中的琉璃灯。

遐方怨

攲角枕[1]，掩红窗。梦到江南，伊家博山沉水香[2]。浣裙归、晚坐思量[3]。轻烟笼浅黛[4]，月茫茫。

注释

①攲（qī）：通"倚"，斜靠。角枕：角制的或用角装饰的枕头。 ②博山：即博山炉，一种香炉。沉水香：即沉香，一种香料。 ③浣裙：即浣衣，洗衣。 ④浅黛：用黛螺淡画的眉毛，此借指美丽的女子。黛，青黑色的颜料，古代妇女用来画眉。

秋千索[1]

渌水亭春望[2]

垆边唤酒双鬟亚[3]，春已到、卖花帘下。一道香尘碎绿蘋[4]，看白袷、亲调马[5]。　烟丝宛宛愁萦挂[6]，剩几笔、晚晴图画。半枕芙蕖压浪眠[7]，教费尽、莺儿语[8]。

注释

①秋千索：词谱、词律不载，或为作者的自度曲。 ②渌水亭：作者家中的一座园亭，在北京什刹海后海西北。 ③双鬟亚：指卖酒姑娘下垂的头发。双鬟，古代女子的两环形发髻。亚，通"压"，低垂的样子。 ④一道香尘：此指湖水中水禽浮

游时划破水面。香尘，芳香之尘。 ⑤白袷（jiá）：白色夹衣。调马：驯练马匹。 ⑥宛宛：柔弱的样子。 ⑦芙蕖：荷花的别称。 ⑧“教费尽”句：宋王安石《清平乐》词：“留春不住，费尽莺儿语。”

秋千索

药阑携手销魂侣①，争不记、看承人处②。除向东风诉此情，奈竟日、春无绪。 悠扬扑尽风前絮，又百五、韶光难住③。满地梨花似去年，却多了、廉纤雨④。

注释

①药阑：芍药花的围栏，也泛指一般花栏。销魂：极度的悲愁或欢乐。 ②争：怎。看承：特别看待。宋吴淑姬《祝英台近》词：“断肠曲曲屏山，温温沉水，都是旧看承人处。” ③百五：寒食日（清明前二日），从冬至日到寒食日共一百零五日。百五韶光指清明前后的美好春光。 ④廉纤雨：毛毛细雨。

秋千索

游丝断续东风弱①，浑无语，半垂帘幕。茜袖谁招曲栏边②，弄一缕、秋千索③。 惜花人共残春薄，春欲尽、纤腰如削。新月才堪照独愁，却又照、梨花落。

注释

①游丝：飘荡在空中的蜘蛛等昆虫所吐的丝。 ②茜袖：绛红色的衣袖。 ③弄：玩弄，游戏。

茶瓶儿

杨花糁径樱桃落[1]。绿阴下、晴波燕掠[2]，好景成担阁[3]。秋千背倚，风态宛如昨[4]。　　可惜春来总萧索。人瘦损、纸鸢风恶[5]，多少芳笺约[6]。青鸾去也[7]，谁与劝孤酌。

注释

①糁（sǎn）径：溅落在小路上。　②燕掠：燕子贴水而飞。③担阁：犹耽搁。　④风态：风神体态。　⑤纸鸢：纸扎的风筝。恶：甚，强烈。　⑥芳笺：指情书，多用有图案的彩色纸写成。　⑦青鸾：传说中为西王母传递信息的神鸟，此代指情人。

好事近

帘外五更风[1]，消受晓寒时节[2]。刚剩秋衾一半[3]，拥透帘残月。　　争教清泪不成冰，好处便轻别[4]。拟把伤离情绪，待晓寒重说。

注释

①“帘外”句：宋无名氏《浪淘沙》词：“帘外五更风，吹梦无踪。”　②消受：禁受，忍受。　③“刚剩”句：指独自孤眠。　④“争教”两句：怎么能教清泪不长流呢？最好是不把离别放在心上。

好事近

何路向家园，历历残山剩水[①]。都把一春冷淡，到麦秋天气[②]。　料应重发隔年花，莫问花前事。纵使东风依旧，怕红颜不似。

注释

①历历：分明可数。　②麦秋：农历四月麦收季节。

好事近

马首望青山[①]，零落繁华如此。再向断烟衰草，认藓碑题字[②]。　休寻折戟话当年[③]，只洒悲秋泪。斜日十三陵下[④]，过新丰猎骑[⑤]。

注释

①“马首”句：意即通过马头向前望，所见为一脉青山。②“认藓碑”句：意即可辨认出长满苔藓的古碑上的文字。藓，苔藓。　③折戟：折断的戟。杜牧《赤壁》诗：“折戟沉沙铁未消，自将磨洗认前朝。”此反用其意。　④斜日：夕阳。十三陵：明代的十三座皇陵，在今北京市昌平县北天寿山一带。　⑤“过新丰”句：谓前朝的皇陵已成为新朝皇室的游猎场所。新丰，地名，在今陕西临潼县东北，汉初刘邦建国后，迁家乡父老居于此。猎骑（jì）：打猎者的坐骑，代指猎人。

太常引

自题小照[1]

西风乍起峭寒生[2]，惊雁避移营[3]。千里暮云平[4]，休回首、长亭短亭[5]。　无穷山色，无边往事，一例冷清清[6]。试倩玉箫声，唤千古、英雄梦醒。

注释

①自题小照：在自己的画像上题词。但从内容来看，似与词题关涉不大。②峭寒：料峭寒冷。③惊雁：惊飞之雁。避移营：避开、转移营地。④“千里”句：语本唐王维《观猎》诗：“回看射雕处，千里暮云平。”⑤“休回首”句：语本宋欧阳修《浪淘沙》词：“长亭回首短亭遥。”⑥一例：一律、全部。

太常引

晚来风起撼花铃[1]，人在碧山亭。愁里不堪听，那更杂、泉声雨声。　无凭踪迹[2]，无聊心绪，谁说与多情。梦也不分明[3]，又何必、催教梦醒。

注释

①花铃：护花铃。②无凭踪迹：全无踪迹可寻。③“梦也”句：唐张泌《寄人》诗：“倚柱寻思倍惆怅，一场春梦不分明。”

转应曲

明月，明月，曾照个人离别[1]。玉壶红泪相偎，还似当年夜来[2]。来夜，来夜，肯把清辉重借。

注释

①“明月”句：五代冯延巳《三台令》词：“明月，明月，照得离人愁绝。” ②“玉壶”两句：据晋王嘉《拾遗记》卷七，魏文帝曹丕时薛灵芸被选入宫时，以玉唾壶承泪，到京师后发现壶中泪凝如血，后文帝为她改名为夜来。

山花子[1]

林下荒苔道韫家[2]，生怜玉骨委尘沙[3]。愁向风前无处说，数归鸦。　　半世浮萍随逝水[4]，一宵冷雨葬名花。魂是柳绵吹欲碎[5]，绕天涯。

注释

①山花子：一作《摊破浣溪沙》。 ②道韫：东晋才女谢道韫，谢安侄女，王凝之之妻。此代指亡妻卢氏。 ③生怜：深怜、甚怜。生，副词，加强语气。玉骨委尘沙：指亡妻掩埋坟墓中。 ④“半世”句：谓半生的命运如同浮萍随水漂流。 ⑤柳绵：柳絮。

山花子

昨夜浓香分外宜，天将妍暖护双栖[①]。桦烛影微红玉软[②]，燕钗垂[③]。　　几为愁多翻自笑，那逢欢极却含啼。央及莲花清漏滴[④]，莫相催。

注释

①妍暖：天气和暖。双栖：共栖的雌雄禽鸟，又喻夫妇或情侣。　②桦烛：用桦树皮卷蜡做成的蜡烛。红玉：这里指美人的肌肤。　③燕钗：燕子形的钗。　④央及：请求。莲花清漏：即莲花漏，古计时器。

山花子

风絮飘残已化萍[①]，泥莲刚倩藕丝萦[②]。珍重别拈香一瓣，记前生。　　人到情多情转薄，而今真个悔多情。又到断肠回首处，泪偷零。

注释

①“风絮”句：旧说柳絮飘落入水为浮萍。　②泥莲：荷塘中的莲花。倩：请。

山花子

欲话心情梦已阑[①]，镜中依约见春山[②]。方悔从前真草草[③]，等闲看。　　环佩只应归月下[④]，钿钗何意寄人间[⑤]。多少滴残红蜡泪[6]，几时干。

注释

①“欲话”句：宋辛弃疾《南乡子·舟中记梦》词：“别后两眉尖，欲说还休梦已阑。”梦已阑：梦醒。阑：残，尽。②依约：隐隐约约。春山：女子眉毛的美称。 ③“方悔”句：清彭孙遹《卜算子》词：“草草百年身，悔杀从前错。”④“环佩”句：杜甫《咏怀古迹》诗：“画图省识东风面，环佩空归夜月魂。” ⑤“钿钗”句：见前《浣溪沙》（凤髻抛残秋草生）注。⑥“多少”句：李商隐《无题》诗：“春蚕到死丝方尽，蜡炬成灰泪始干。”

山花子

小立红桥柳半垂[1]，越罗裙飏缕金衣[2]。采得石榴双叶子，欲贻谁？ 便是有情当落日[3]，只应无伴送斜晖。寄语东风休着力，不禁吹[4]。

注释

①红桥：赤栏杆的桥。 ②越罗：越地所产的丝绸。缕金衣：绣有金丝的衣服。 ③“便是”二句：谓纵使夜间有情入梦，而夕阳下却无人作伴。 ④着力：用力、尽力。不禁吹：经不住风吹。

菩萨蛮

窗前桃蕊娇如倦[1]，东风泪洗胭脂面[2]。人在小红楼[3]，离情唱石州[4]。　　夜来双燕宿，灯背屏腰绿[5]。香尽雨阑珊[6]，薄衾寒不寒？

注释

①“窗前”句：唐温庭筠《春暮宴罢寄宋寿先辈》诗：“窗前桃蕊宿妆在，雨后牡丹春睡浓。”　②“东风”句：唐白居易《后宫词》：“三千宫女胭脂面，几个春来无泪痕。”　③“人在”句：宋施枢《摸鱼儿》词：“人在小红楼，朱帘半卷，香注玉壶露。”　④石州：乐府商调曲名。唐李商隐《代赠》诗：“东风日出照高楼，楼上离人唱石州。”　⑤屏腰：屏风的中间部分。绿：黑，暗。　⑥阑珊：将尽。

菩萨蛮

朔风吹散三更雪[1]，倩魂犹恋桃花月[2]。梦好莫催醒，由他好处行。　　无端听画角[3]，枕畔红冰薄[4]。塞马一声嘶，残星拂大旗。

注释

①朔风：北风。　②倩魂：倩娘之魂，用唐陈玄祐《离魂记》之故事。桃花月：即桃月。农历二月桃花盛开，故称。此代指美好的时光。　③画角：古代乐器，外加彩绘，故称画角。古时军中多用以警昏晓。　④红冰：五代王仁裕《开元天宝遗事》

“红冰”条载：“杨贵妃初承恩召，与父母相别，泣涕登车。时天寒，泪结为红冰。”

菩萨蛮

问君何事轻离别，一年能几团圆月。杨柳乍如丝，故园春尽时。　　春归归不得，两桨松花隔[1]。旧事逐寒潮，啼鹃恨未消[2]。

注释

①松花：松花江。　②啼鹃：传说蜀王杜宇失位后魂化为杜鹃，啼声哀苦。

菩萨蛮

为陈其年题照[1]

乌丝曲倩红儿谱[2]，萧然半壁惊秋雨[3]。曲罢髻鬟偏[4]，风姿真可怜。　　须髯浑似戟[5]，时作簪花剧[6]。背立讶卿卿[7]，知卿无那情[8]。

注释

①陈其年：陈维崧（1625—1682）字其年，号迦陵，江苏宜兴人。康熙十八年（1679）五十五岁时中博学鸿词科，授翰林院检讨，参与修《明史》。清初阳羡词派领袖，著有《湖海楼词》《迦陵文集》《湖海楼诗》等。题照：在画像上题词。康熙十七年（1678），广东画家大汕在扬州为陈维崧画像，是年秋维崧将画像

带入北京，当时文人名士题其画者三十余人。此词为其中之一。②乌丝曲：陈维崧于顺治十三年（1656）至康熙七年（1668）居北京时所著词集名《乌丝词》。红儿：唐代歌女杜红儿，此代指陈维崧的歌女。③萧然：荒凉冷落的样子。④髻鬟：妇女的一种发式。严绳孙《金缕曲序》："题其年小照填词图，有姬人吹玉箫倚曲。"可见陈维崧的画像傍尚有一吹箫女子。⑤"须髯"句：陈维崧多须髯，人称陈髯。《南史·褚彦回传》："公须髯如戟，何无丈夫意？"⑥簪花剧：古时举行盛大典礼时，头上常戴花。⑦讶：惊诧。卿卿：男女之间彼此亲昵的称呼。⑧无那（nuò）：即无奈。无那情，无法控制的感情。

菩萨蛮

宿滦河①

玉绳斜转疑清晓②，凄凄月白渔阳道③。星影漾寒沙，微茫织浪花。　　金笳鸣故垒④，唤起人难睡。无数紫鸳鸯⑤，共嫌今夜凉。

注释

①滦河：在今河北省东北部，发源于内蒙古，流入渤海。②玉绳：星名，指北斗七星中玉衡之北二星。③渔阳：古县名，在今北京密云县西南。因在渔水之北而得名。滦河、渔阳均为作者自北京前往山海关所经之地。④金笳：古代铜制的管乐器。故垒：古时军营四周所筑的墙壁。⑤"无数"句：语本唐徐延寿《南州行》诗："河头浣衣处，无数紫鸳鸯。"

菩萨蛮

荒鸡再咽天难晓[①]，星榆落尽秋将老[②]。毡幕绕牛羊，敲冰食酪浆。　　山程兼水宿，漏点清钲续[③]。正是梦回时[④]，拥衾无限思。

注释

①荒鸡：古时将夜三鼓前鸣叫的鸡叫荒鸡。苏轼《召还至都门先寄子由》："荒鸡号月未三更，客梦还家得俄顷。"再咽：指第二遍鸡声已沉寂。　②星榆：指众星。因榆树林立有似天星密布，故称。　③漏点：漏壶滴下的水点。钲：军中用的一种敲击乐器。　④梦回：梦醒。

菩萨蛮

新寒中酒敲窗雨[①]，残香细袅秋情绪[②]。才道莫伤神，青衫湿一痕。　　无聊成独卧，弹指韶光过[③]。记得别伊时，桃花柳万丝。

注释

①中酒：醉酒。宋吴文英《风入松》词："料峭春寒中酒，交加晓梦啼莺。"　②袅：烟雾萦绕。　③韶光：美好的时光。

菩萨蛮

白日惊飚冬已半[①]，解鞍正值昏鸦乱。冰合大河流[②]，茫茫一片愁。　　烧痕空极望[③]，鼓角高城上。明日近长安[④]，客心愁未阑[⑤]。

注释

①惊飚：狂风。　②冰合：冰冻。　③烧痕：野火烧过的痕迹。　④长安：此处借指北京城。　⑤阑：尽。

菩萨蛮

萧萧几叶风兼雨，离人偏识长更苦[①]。欹枕数秋天[②]，蟾蜍早下弦[③]。　　夜寒惊被薄，泪与灯花落。无处不伤心，轻尘在玉琴。

注释

①长更：指长夜。　②欹（qī）：依，倚。　③蟾蜍：月亮。

菩萨蛮

回　文[①]

雾窗寒对遥天暮，暮天遥对寒窗雾。花落正啼鸦，鸦啼正落花。　　袖罗垂影瘦，瘦影垂罗袖。风剪一丝红，红丝一剪风。

注释

①回文：一种回环往复诵读都成义的诗体。

菩萨蛮

催花未歇花奴鼓[①]，酒醒已见残红舞[②]。不忍覆余觞[③]，临风泪数行。　　粉香看又别[④]，空剩当时月。月也异当时，凄清照鬓丝。

注释

①催花：南卓《羯鼓录》载，二月初宫中景色明丽，柳杏将吐，玄宗遂命高力士取羯鼓，临轩纵击一曲《春光好》，曲终，见柳杏皆已全开。此指筵席上击鼓以为乐。花奴：唐玄宗时汝阳王李琎的小字。李琎善羯鼓，玄宗特喜之。　②残红舞：指花落。　③覆余觞：喝完酒杯中的剩酒。　④粉香：代指女子。

菩萨蛮

惜春春去惊新燠[①]，粉融轻汗红绵扑[②]。妆罢只思眠，江南四月天。　　绿阴帘半揭，此景清幽绝。行度竹林风[③]，单衫杏子红[④]。

注释

①新燠：天气刚刚变热。燠（yù）：暖，热。　②红绵扑：红丝棉的粉扑，女子化妆用品。唐白居易《和梦得游春诗一百韵》诗：“朱唇素指匀，粉汗红棉扑。”　③“行度”句：唐祖

咏《宴吴王宅》诗："砌分池水岸，窗度竹林风。" ④"单衫"句：南朝乐府《西洲曲》："单衫杏子红，双鬓雅雏色。"

菩萨蛮

榛荆满眼山城路，征鸿不为愁人住[1]。何处是长安，湿云吹雨寒。 丝丝心欲碎[2]，应是悲秋泪。泪向客中多，归时又奈何。

注释

①征鸿：远去的大雁。 ②丝丝：细雨。

菩萨蛮

春云吹散湘帘雨[1]，絮粘蝴蝶飞还住。人在玉楼中[2]，楼高四面风。 柳烟丝一把[3]，暝色笼鸳瓦[4]。休近小阑干，夕阳无限山。

注释

①湘帘：用湘妃竹编制的帘子。 ②玉楼：指华美的楼阁。③柳烟丝：烟雾笼罩的柳丝。 ④鸳瓦：鸳鸯瓦的省称。屋瓦成对地排列，故云。

菩萨蛮

晓寒瘦著西南月[1]，丁丁漏箭余香咽[2]。春已十分宜，东风无是非。 蜀魂羞顾影[3]，玉照斜红冷[4]。谁唱后庭花[5]，新年忆旧家。

注释

①瘦著：形容月亮瘦，指弯月或月牙儿。 ②丁丁：滴漏声。漏箭：漏壶上指示时刻的箭头。 ③蜀魂：杜鹃鸟的别称。传说为古蜀王杜宇魂魄所化。 ④玉照：宋张镃在堂屋四周皆种梅花，皎洁辉映，夜如对月，故名玉照堂。 ⑤后庭花：即陈后主所作《玉树后庭花》曲，亡国之音。

菩萨蛮

为春憔悴留春住，那禁半霎催归雨[①]。深巷卖樱桃，雨余红更娇。　　黄昏清泪阁[②]，忍便花飘泊。消得一声莺[③]，东风三月情。

注释

①催归雨：催春归去的雨。 ②阁：含着。 ③消得：经受得。

菩萨蛮

隔花才歇廉纤雨[①]，一声弹指浑无语[②]。梁燕自双归，长条脉脉垂。　　小屏山色远[③]，妆薄铅华浅[④]。独自立瑶阶[⑤]，透寒金缕鞋[⑥]。

注释

①廉纤雨：绵绵细雨。 ②弹指：极短的时间。 ③“小屏”句：小屏风上绘有远山的图案。 ④妆薄：淡妆。铅华：铅粉，化妆品。 ⑤瑶阶：石阶的美称。 ⑥金缕鞋：绣有金丝的鞋子。

菩萨蛮

黄云紫塞三千里[①]，女墙西畔啼乌起[②]。落日万山寒，萧萧猎马还[③]。 笳声听不得，入夜空城黑。秋梦不归家，残灯落碎花[④]。

注释

①黄云：北方边地多沙尘，故其云称黄云。紫塞：长城。 ②女墙：城墙上呈凸凹状的短墙。 ③萧萧：马嘶声。 ④花：灯花。唐戎昱《桂州腊夜》诗：“晓角分残漏，孤灯落碎花。”

菩萨蛮

飘蓬只逐惊飙转[①]，行人过尽烟光远。立马认河流，茂陵风雨秋[②]。 寂寥行殿锁[③]，梵呗琉璃火[④]。塞雁与宫鸦[⑤]，山深日易斜。

注释

①惊飙：狂风、暴风。 ②茂陵：一为汉武帝陵墓，在今陕西兴平县东北，一为明宪宗陵墓，在今北京昌平县北天寿山。此

以明宪宗陵墓茂陵代指十三陵。 ③行殿：即行宫。 ④梵呗：指僧人作法事时的歌咏颂赞之声。琉璃火：即琉璃灯。 ⑤宫鸦：栖息于行宫中的乌鸦。

菩萨蛮

晶帘一片伤心白[①]，云鬟香雾成遥隔[②]。无语问添衣[③]，桐阴月已西。　　西风鸣络纬[④]，不许愁人睡。只是去年秋，如何泪欲流。

注释

①晶帘：即水晶帘。 ②云鬟香雾：谓头发乌黑如云，香气似雾浓。此代指所爱所思的女子。 ③“无语”句：承上句，说所思之人远在异地，无法问他要不要添加衣裳。 ④络纬：即莎鸡，俗称纺织娘。

菩萨蛮

寄梁汾苕中[①]

知君此际情萧索，黄芦苦竹孤舟泊[②]。烟白酒旗青，水村鱼市晴。　　柁楼今夕梦[③]，脉脉春寒送。直过画眉桥，钱塘江上潮。

注释

①苕中：浙江湖州有苕溪，故称湖州一带为“苕中”。②“黄芦”句：唐白居易《琵琶行》诗：“住近湓江地低湿，黄

芦苦竹绕宅生。” ③柁楼：船尾舵工操舵的小楼。

菩萨蛮

回 文

客中愁损催寒夕[1]，夕寒催损愁中客。门掩月黄昏，昏黄月掩门[2]。 翠衾孤拥醉，醉拥孤衾翠。醒莫更多情，情多更莫醒。

注释

①愁损：极度的愁苦。 ②“门掩”两句：清朱彝尊《菩萨蛮》词：“门掩乍黄昏，昏黄乍掩门。”

菩萨蛮

回 文

砑笺银粉残煤画[1]，画煤粉残银笺砑。清夜一灯明，明灯一夜清。 片花惊宿燕，燕宿惊花片。亲自梦归人，人归梦自亲。

注释

①砑（yà）笺：压印有图案的笺纸。残煤：残墨。

菩萨蛮

乌丝画作回纹纸[①]，香煤暗蚀藏头字[②]。筝雁十三双[③]，输他作一行[④]。 相看仍似客，但道休相忆。索性不还家，落残红杏花。

注释

①乌丝：指有墨线格子的笺纸。回纹：见前《菩萨蛮》（雾窗遥对寒天暮）注①。 ②香煤：指好墨。藏头字：藏头诗，一种游戏诗体，每句的头一字可组成完整的话。这句是说诗中每句的头一字被墨涂掉了。 ③“筝雁”句：古筝上有十三根弦，每根弦两头各有一柱，斜着排列如雁行，故称。 ④“输他”句：指人是孤单的，不如筝柱成双。

菩萨蛮

阑风伏雨催寒食[①]，樱桃一夜花狼藉。刚与病相宜[②]，琐窗薰绣衣[③]。 画眉烦女伴，央及流莺唤[④]。半饷试开奁[⑤]，娇多直自嫌[⑥]。

注释

①阑风伏雨：连绵不断的风雨。语本杜甫《秋雨叹》诗：“阑风伏雨秋纷纷。”仇兆鳌注引赵子栎曰：“阑珊之风，沉伏之雨，言其风雨不已也。”寒食：寒食节，在农历清明前一或二日，其时禁火三天，食冷食。 ②“刚与”句：人在潮湿的气候下正容易生病。 ③琐窗：雕刻有连锁花纹的窗。 ④央及：请求。

⑤饷：应为“晌”。奁（lián）：古代女子梳妆用的镜匣。 ⑥直：只。自嫌：自己对自己不满。

醉桃源

斜风细雨正霏霏[1]，画帘拖地垂。屏山几曲篆香微[2]，闲庭柳絮飞。 新绿密，乱红稀，乳莺残日啼。余寒欲透缕金衣[3]，落花郎未归。

注释

①“斜风”句：唐张志和《渔歌子》词：“斜风细雨不须归。”《诗·采薇》：“今我来思，雨雪霏霏。”霏霏：雨雪纷飞的样子。 ②屏山：绘有山的屏风。篆香：像篆字的香。 ③缕金衣：饰有金丝的衣服。

昭君怨

深禁好春谁惜[1]，薄暮瑶阶伫立[2]。别院管弦声，不分明。

又是梨花欲谢，绣被春寒今夜[3]。寂寂锁朱门，梦承恩[4]。

注释

①深禁：即深宫。宫宛门户皆设禁卫，故云。 ②瑶阶：宫殿中台阶的美称。 ③“绣被”句：语本宋晏几道《生查子》词：“牵系玉楼人，绣被春寒夜。” ④承恩：受到皇帝的宠幸。

琵琶仙

中　秋

碧海年年[1]，试问取、冰轮为谁圆缺[2]？吹到一片秋香，清辉了如雪[3]。愁中看、好天良夜，知道尽成悲咽。只影而今，那堪重对，旧时明月。　　花径里、戏捉迷藏，曾惹下、萧萧井梧叶[4]。记否轻纨小扇[5]，又几番凉热。只落得、填膺百感，总茫茫、不关离别。一任紫玉无情[6]，夜寒吹裂。

注释

①碧海：指青天。宋晁补之《洞仙歌》词："青烟幂处，碧海飞金镜。"　②冰轮：指明月。圆缺，此只指团圆。　③清辉：指明月的光亮。　④井梧叶：井边的梧桐树叶。　⑤轻纨小扇：轻小的纨扇。　⑥紫玉：即笛箫。古人多截取紫玉竹为箫，名紫玉箫。

清平乐

凄凄切切，惨淡黄花节[1]。梦里砧声浑未歇[2]，那更乱蛩悲咽[3]。　　尘生燕子空楼，抛残弦索床头[4]。一样晓风残月[5]，而今触绪添愁[6]。

注释

①黄花节：重阳节。黄花，菊花。　②砧声：捣衣声。　③那更：更何况，更兼。蛩（qióng）：蟋蟀。　④"尘生"两

句：宋周邦彦《解连环》词："燕子楼空，尘锁一床弦索。"燕子楼在江苏徐州，唐时张建封的爱妓关盼盼曾居于此，张死后，盼盼仍居此楼十余年不嫁。这里借指亡妻的居室。弦索：代指弦乐器。 ⑤"晓风"句：宋柳永《雨霖铃》词："今宵酒醒何处？杨柳岸，晓风残月。" ⑥触绪：触动了心绪。

清平乐

上元月蚀①

瑶华映阙②，烘散蓂墀雪③。比似寻常清景别，第一团圆时节④。 影娥忽泛初弦⑤，分辉借与宫莲⑥。七宝修成合璧⑦，重轮岁岁中天⑧。

注释

①上元：元宵节。 ②瑶华：美玉，这里指月亮。阙：宫阙，帝王的住所。 ③蓂（míng）：蓂荚，一种象征祥瑞的草。墀（chí）：台阶。蓂墀即宫殿前长着瑞草的台阶。这句说月光照在长着瑞草的台阶前，雪白一片。 ④"比似"两句：这是一年第一个月圆时节，与寻常月夜之景不同。 ⑤影娥：即影娥池，汉代未央宫中水池名。初弦：上弦月。 ⑥宫莲：宫灯。 ⑦七宝：古代民间传说月由七种宝物合成。 ⑧重轮：日月外围又现一轮光圈，称重轮，古人认为是祥瑞之兆。

清平乐

烟轻雨小[①]，望里青难了[②]。一缕断虹垂树杪[③]，又是乱山残照。　　凭高目断征途[④]，暮云千里平芜[⑤]。日夜河流东下，锦书应托双鱼[⑥]。

注释

①“烟轻”句：宋晏几道《清平乐》词：“烟轻雨小，紫陌香尘少。”　②“望里”句：一眼望去，茫茫青色一片，没有尽头。杜甫《望岳》诗：“岱宗夫如何，齐鲁青未了。”　③杪（miǎo）：树梢。　④凭高：登高。目断：望断。唐姚鹄《玉真观寻赵尊师不遇》诗：“凭高目断无消息，自醉自吟愁落晖。”⑤平芜：平远的草地。唐荆叔《题慈恩塔》诗：“暮云千里色，无处不伤心。”唐王维《观猎》诗：“回看射雕处，千里暮云平。”⑥锦书：书信。双鱼：信使。

清平乐

孤花片叶，断送清秋节[①]。寂寂绣屏香篆灭[②]，暗里朱颜消歇[③]。　　谁怜散髻吹笙[④]，天涯芳草关情[⑤]。懊恼隔帘幽梦，半床花月纵横。

注释

①清秋节：清爽的秋天时节。　②香篆：篆香，形似篆文的香。　③“暗里”句：李白《寄远》诗：“坐思行叹成楚越，春风玉颜畏消歇。”　④散髻：解散发髻。五代皇甫松《梦江南》

词："双髻坐吹笙。"　⑤关情：牵动情思。

清平乐

麝烟深漾[1]，人拥缑笙氅[2]。新恨暗随新月长，不辨眉尖心上[3]。　六花斜扑疏帘[4]，地衣红锦轻沾[5]。记取暖香如梦，耐他一晌寒严。

注释

①麝烟：燃烧麝香散发出的烟。　②缑（gōu）笙氅：鹤氅，用鸟的羽毛制成的外套。　③"不辨"句：宋范仲淹《御街行》词："都来此事，眉间心上，无计相回避。"　④六花：雪花有六瓣，故称。　⑤地衣：地毯。

清平乐

将愁不去[1]，秋色行难住。六曲屏山深院宇[2]，日日风风雨雨。　雨晴篱菊初香，人言此日重阳。回首凉云暮叶[3]，黄昏无限思量。

注释

①将愁：长久之愁。　②六曲屏风：曲折的屏风。　③凉云：阴凉之云。

清平乐

青陵蝶梦[①]，倒挂怜么凤[②]。退粉收香情一种，栖傍玉钗偷共[③]。　　愔镜阁飞蛾[④]，谁传锦字秋河[⑤]。莲子依然隐雾[⑥]，菱花暗惜横波[⑦]。

注释

①青陵蝶梦：青陵台在河南封丘县境内。据晋干宝《搜神记》，宋康王强夺大夫韩凭的妻子，韩凭自杀，其妻亦投青陵台下，死后化蝶。后以此典喻与妻子的离别。　②么凤：鸟名，形似鹦鹉但体形较小，绿毛红嘴。宋苏轼《西江月》词："海仙时遣探芳丛，倒挂绿毛么凤。"　③退粉：蝴蝶交配。收香：绿毛么凤一名倒挂，喜欢停留在女子的金钗上。闻到好香便收藏于尾翼之间，故云。　④愔（yīn）愔：安闲的样子。唐李商隐《镜槛》诗："斜门穿戏蝶，小阁钻飞蛾。"镜阁：女子居室。　⑤锦字：书信。秋河：天河，银河。　⑥"莲子"句：南朝乐府《子夜歌》："雾露隐芙蓉，见莲不分明。""莲"谐音"怜"。　⑦菱花：古铜镜背后常刻有菱花，故以菱花为镜子的代称。横波：流动如波的眼神。

清平乐

风鬟雨鬓[①]，偏是来无准。倦倚玉阑看月晕[②]，容易语低香近[③]。　　软风吹遍窗纱，心期更隔天涯[④]。从此伤春伤别，黄昏只对梨花。

注释

①风鬟雨鬓：形容妇女发髻蓬松、散乱。唐李朝威《柳毅传》："见大王爱女牧羊于野，风鬟雨鬓，所不忍睹。" ②玉阑：栏杆的美称。月晕（yùn）：月光通过云层中的冰晶时经折射而形成的光圈。 ③语低香近：指与女子软语温存，女子的香气扑面而来。 ④心期：内心期许、打算。

清平乐

弹琴峡题壁[1]

泠泠彻夜[2]，谁是知音者。如梦前朝何处也，一曲边愁难写。　　极天关塞云中[3]，人随落雁西风。唤取红襟翠袖，莫教泪洒英雄[4]。

注释

①弹琴峡：据《大清一统志·顺天府》："弹琴峡，在昌平州西北居庸关内，水流石罅，声若弹琴。" ②泠（líng）泠：形容水流声清脆。 ③"极天"句：杜甫《秋兴》诗："关塞极天唯鸟道，江湖满地一渔翁。"这句写居庸关的形势极其险要。④"唤取"句：宋辛弃疾《水龙吟》词："倩何人唤取，红巾翠袖，揾英雄泪。"红襟翠袖：指歌女。

清平乐

忆梁汾[1]

才听夜雨，便觉秋如许。绕砌蛩螀人不语[2]，有梦转愁无据[3]。　　乱山千叠横江，忆君游倦何方[4]。知否小窗红烛，照人此夜凄凉。

注释

①梁汾：即作者挚友顾贞观。张草纫《纳兰词笺注》系此词于康熙二十二年（1683）秋。　②蛩螀（qióngjiāng）：蟋蟀。螀，蝉。　③无据：不可靠、不足凭。　④游倦：即倦于游宦，谓仕宦不如意而到处飘泊。

清平乐

塞鸿去矣[1]，锦字何时寄[2]。记得灯前佯忍泪[3]，却问明朝行未。　　别来几度如珪[4]，飘零落叶成堆。一种晓寒残梦，凄凉毕竟因谁。

注释

①塞鸿：边塞的雁。　②锦字：书信。　③“记得”句：唐韦庄《女冠子》词：“别君时，忍泪佯低面，含羞半敛眉。”④如珪（guī）：珪本为美玉，这里喻缺月。南朝江淹《别赋》：“乃至秋露如珠，秋月如珪。”

一丛花

咏并蒂莲

阑珊玉佩罢霓裳[①]，相对绾红妆[②]。藕丝风送凌波去[③]，又低头、软语商量[④]。一种情深，十分心苦[⑤]，脉脉背斜阳。

色香空尽转生香，明月小银塘。桃根桃叶终相守[⑥]，伴殷勤、双宿鸳鸯。菰米漂残[⑦]，沉云乍黑[⑧]，同梦寄潇湘[⑨]。

注释

①阑珊：零乱、衰落。此指玉佩声将停止。霓裳：《霓裳羽衣曲》的省称。本传自西凉，经唐玄宗润色而成舞曲。 ②绾（wǎn）红妆：指两朵莲花盘结在一起而成并蒂莲。 ③凌波：本指女子轻盈的步履，后代指美女，此借指并蒂莲。 ④软语：柔和、婉转的话。 ⑤十分心苦：谓莲心很苦。 ⑥桃根桃叶：王献之的侍妾，为一对姐妹。 ⑦菰米：即雕胡米。菰草生水中，至秋结实，为雕胡米，古人以为美馔。 ⑧沉云：浓云、阴云。 ⑨潇湘：泛指水域。以上三句谓漂在水中的菰米像乌云，与并蒂莲很亲密，同做水国之梦。

菊花新

用韵送张见阳令江华[①]

愁绝行人天易暮，行向鹧鸪声里住[②]。渺渺洞庭波，木叶下、楚天何处[③]。　　折残杨柳应无数[④]，趁离亭、笛声吹度。有几个征鸿，相伴也、送君南去。

注释

①张见阳：张纯修，字子敏，号见阳，河北丰润人，康熙十八年为湖南江华县令。②鹧鸪声：鹧鸪鸟的鸣叫声听起来像“行不得也哥哥”。③“渺渺”句：屈原《九歌·湘夫人》：“袅袅兮秋风，洞庭波兮木叶下。”④“折残”句：古人有折柳赠别的习俗。

淡黄柳

咏 柳

三眠未歇[①]，乍到秋时节。一树斜阳蝉更咽，曾绾灞陵离别[②]。絮已为萍风卷叶，空凄切。　　长条莫轻折[③]。苏小恨[④]，倩他说[⑤]。尽飘零，游冶章台客[⑥]。红板桥空，湔裙人去[⑦]，依旧晓风残月[⑧]。

注释

①三眠：三眠柳，传说其状如人形，一日三眠三起。②绾(wǎn)：缠绕。灞陵：汉文帝陵，在长安城东的灞水上，水上有桥名灞桥，行人多送客至此折柳赠别。李白《忆秦娥》词：“年年柳色，灞陵伤别。”唐刘禹锡《杨柳枝》诗：“唯有垂杨绾别离。”③长条：柳枝。④苏小：南齐时钱塘名妓苏小小。唐白居易《杭州春望》诗：“柳色春藏苏小家。”唐温庭筠《杨柳枝》诗：“苏小门前柳万条。”⑤倩：请。⑥游冶：嫖妓。章台：歌楼妓馆的代称。⑦湔（jiān）裙人：指女子。据唐李商隐《柳枝·序》，有女子柳枝与商隐之弟李让山相约，谓三日后

她将“湔裙水上”来相会。湔：洗。 ⑧“依旧”句：宋柳永《雨霖铃》词：“今宵酒醒何处？杨柳岸，晓风残月。”

满宫花

盼天涯，芳讯绝[①]，莫是故情全歇？朦胧寒月影微黄，情更薄于寒月。 麝烟销[②]，兰烬灭[③]，多少怨眉愁睫。芙蓉莲子待分明[④]，莫向暗中磨折。

注释

①芳讯：音讯。宋史达祖《双双燕》词：“应是栖香正稳，便忘了天涯芳信。” ②麝烟：燃烧麝香所发出的香烟。 ③兰烬：烧残的灯芯余烬。 ④芙蓉：谐音“夫容”。莲子：谐音“怜子”。南朝乐府《子夜歌》：“雾露隐芙蓉，见莲不分明。”又：“乘风采芙蓉，夜夜得莲子。”

洞仙歌

咏黄葵[①]

铅华不御[②]，看道家妆就[③]。问取人家入时否[④]。为孤情淡韵，判不宜春[⑤]，矜标格[⑥]、开向晚秋时候。 无端轻薄雨[⑦]，滴损檀心[⑧]，小叠宫罗镇长皱[⑨]。何必诉凄清，为爱秋光，被几日、西风吹瘦。便零落、蜂黄也休嫌[⑩]，且对倚斜阳，胜偎红袖。

注释

①黄葵：即秋葵，开黄色花。 ②铅华：女子化妆品。御：使用。三国魏曹植《洛神赋》："芳泽无加，铅华弗御。" ③道家妆：黄色道袍（道家服装尚黄）。宋晏殊《菩萨蛮》词："秋花最是黄葵好，天然嫩态迎秋早。染得道家衣，淡妆梳洗时。"以上两句意为黄葵就像不施粉黛、身着黄袍的道士。 ④入时：合乎时尚。 ⑤判不宜春：甘愿不合春时。判，甘愿。 ⑥矜(jīn)：骄傲，自负。标格：风度，风范。 ⑦"无端"句：宋晏几道《生查子》词："无端轻薄云，暗作廉纤雨。"轻薄雨：细雨。 ⑧檀心：浅红色的花心。 ⑨小叠宫罗：指花瓣像折叠的罗缎。镇：久、常。 ⑩蜂黄：蜜蜂身上的黄色粉末。

唐多令

雨 夜

丝雨织红茵[①]，苔阶压绣纹。是年年、肠断黄昏。到眼芳菲都惹恨，那更说，塞垣春[②]。　　萧飒不堪闻，残妆拥夜分[③]。为梨花、深掩重门[④]。梦向金微山下去[⑤]，才识路，又移军。

注释

①红茵：红色地毯，这里指一地红花。 ②塞垣：边境地带。 ③夜分：夜半。 ④"为梨花"句：唐戴叔伦《春怨》诗："金鸭香消欲断魂，梨花春雨掩重门。" ⑤金微山：阿尔泰山，在新疆，诗词中常用来泛指边塞。

秋　水

听　雨[①]

谁道破愁须仗酒[②]，酒醒后，心翻醉[③]。正香消翠被[④]，隔帘惊听，那又是、点点丝丝和泪。忆剪烛幽窗小憩[⑤]，娇梦垂成，频唤觉一眶秋水。　　依旧乱蛩声里[⑥]，短檠明灭[⑦]，怎教人睡。想几年踪迹，过头风浪，只消受、一段横波花底[⑧]，向拥髻、灯前提起[⑨]。甚日还来，同领略、夜雨空阶滋味。

注释

①此调未见于词谱，或为作者的自度曲。　②“谁道”句：宋赵长卿《南乡子》词：“谁道破愁须仗酒，君看，酒到愁多破亦难。”　③翻：同“反”。　④“香消”句：喻爱妻不在身边。宋李清照《念奴娇》词：“被冷香消新梦觉，不许愁人不起。”　⑤“剪烛”句：唐李商隐《夜雨寄北》诗：“何当更剪西窗烛，却话巴山夜雨时。”　⑥蛩：蟋蟀。　⑦檠：灯架，借指灯。　⑧横波：女子的眼波。　⑨拥髻：见前《月上海棠》（重檐淡月浑如水）注。　⑩“同领略”句：南朝梁何逊《从镇江州与游故别》诗：“夜雨滴空阶，晓灯暗离室。”

虞美人

峰高独石当头起，影落双溪水[①]。马嘶人语各西东，行到断崖无语小桥通。　　朔鸿过尽归期杳[②]，人向征鞍老。又将丝泪湿斜阳[③]，回首十三陵树暮云黄[④]。

注释

①双溪：以双溪为名的溪流很多，此指北京昌平县境内的一条小溪。 ②朔鸿：从北方南飞的大雁。 ③丝泪：谓泪如雨丝。唐韦应物《拟古诗》："年华逐丝泪，一落俱不收。" ④十三陵：明代的十三座皇陵，在今北京昌平县境内。

虞美人

黄昏又听城头角，病起心情恶。药炉初沸短檠青[①]，无那残香半缕恼多情[②]。 多情自古原多病[③]，清镜怜清影[④]。一声弹指泪如丝[⑤]，央及东风休遣玉人知[⑥]。

注释

①短檠：矮灯架，借指灯。 ②无那：无奈。 ③"多情"句：宋柳永词残句："多情到了多病。" ④清影：清瘦的身影。⑤弹指：弹击手指，表示强烈的感情。 ⑥央及：请求。

虞美人

凭君料理花间课[①]，莫负当初我[②]。眼看鸡犬上天梯[③]，黄九自招秦七共泥犁[④]。 瘦狂那似痴肥好[⑤]，判任痴肥笑[⑥]。笑他多病与长贫，不及诸公衮衮向风尘[⑦]。

注释

①"凭君"句：请求顾贞观为自己编辑词集。按顾贞观与吴绮校定的《饮水词》刊于康熙十七年（1678）。花间，作者以后

蜀赵崇祚编的《花间集》比喻自己的词作。课，谓作品。②“莫负”句：切莫辜负当初我将你引为知己的本意。 ③天梯：道教中所说的登天的云梯。此句谓眼看小人入仕朝廷，登上高位。即俗谓一人得道，鸡犬升天。 ④黄九：北宋诗人黄庭坚，因排行第九，故云。秦七：北宋词人秦观，因排行第七，故云。此借指作者与顾贞观。泥犁：梵语，意即地狱。 ⑤瘦狂、痴肥：比喻官场失意者与得意者。作者以瘦狂自喻，而以痴肥比喻那些脑满肠肥的人。《南史·沈庆之传》附《沈昭略》，昭略尝醉，逢王约而问曰：“汝是王约耶？何乃肥而痴。”王约反问：“汝沈昭略耶？何乃瘦而狂。”昭略抚掌大笑说：“瘦已胜肥，狂又胜痴。”此二句反用其意。 ⑥判任：一任、任凭。 ⑦诸公：此指握权柄登要津者。衮衮：谓络绎不绝。风尘：指仕途、官场。杜甫《醉时歌》：“诸公衮衮登台省，广文先生官独冷。”

虞美人

绿阴帘外梧桐影，玉虎牵金井[①]。怕听啼鴂出帘迟[②]，恰到年年今日两相思。 凄凉满地红心草[③]，此恨谁知道。待将幽忆寄新词，分付芭蕉风定月斜时。

注释

①玉虎：辘轳。 ②鴂（jué）：杜鹃鸟。宋张炎《高阳台》词：“莫开帘，怕见飞花，怕听啼鹃。” ③红心草：据沈亚之《异梦录》，唐代王炎梦侍吴王，后宫中葬西施，吴王诏词客作挽词，王炎即作《西施挽歌》，中有“满地红心草，三层碧玉阶。春风无处所，凄恨不胜怀”等句。

虞美人

风灭炉烟残灺冷[①]，相伴唯孤影。判教狼籍醉清樽[②]，为问世间醒眼是何人。　　难逢易散花间酒，饮罢空搔首。闲愁总付醉来眠，只恐醒时依旧到尊前。

注释

①灺（xiè）：蜡烛的余烬。　②“判教”句：情愿喝得酩酊大醉。判：甘愿，不惜。樽：古代盛酒的器具。

虞美人

春情只到梨花薄，片片催零落。夕阳何时近黄昏，不道人间犹有未招魂。　　银笺别梦当时句[①]，密绾同心苣[②]。为伊判作梦中人[③]，长向画图清夜唤真真[④]。

注释

①银笺：素白的笺纸。　②绾：缠绕。同心苣（qū）：象征爱情的同心结。　③判作：甘愿作。　④真真：女子的代称。

虞美人

曲阑深处重相见，匀泪偎人颤[①]。凄凉别后两应同，最是不胜清怨月明中[②]。　　半生已分孤眠过[③]，山枕檀痕涴[④]。忆来何事最销魂[⑤]，第一折枝花样画罗裙[⑥]。

注释

①匀泪：拭泪。李煜《菩萨蛮》词："画堂南畔见，一晌偎人颤。" ②不胜清怨：难以忍受的凄清幽怨。唐钱起《归雁》诗："二十五弦弹夜月，不胜清怨却飞来。" ③分（fèn）：料想。 ④山枕：枕头。因其两头高中间低，形如山，故名。檀痕：这里指泪痕。涴（wò）：沾染，弄脏。 ⑤销魂：极度的愁苦或欢乐。 ⑥折枝：中国花卉画法之一，不画整枝，而只画其中一段。

虞美人

彩云易向秋空散[①]，燕子怜长叹[②]。几番离合总无因，赢得一回僝僽一回亲[③]。 归鸿旧约霜前至，可寄香笺字[④]。不如前事不思量，且枕红蕤欹侧看斜阳[⑤]。

注释

①"彩云"句：唐白居易《简简吟》诗："大都好物不坚牢，彩云易散琉璃脆。" ②"燕子"句：唐李商隐《无题》诗："归来辗转到五更，梁间燕子闻长叹。" ③僝僽（chánzhòu）：埋怨、嗔怪。 ④香笺：散发香气的书信。 ⑤红蕤（ruí）：即红蕤枕，一种红色的玉石枕，这里代指枕头。欹侧：侧卧。

虞美人

银床淅沥青梧老[①]，屧粉秋蛩扫[②]。采香行处蹙连钱[③]，拾得翠翘何恨不能言[④]。 回廊一寸相思地[⑤]，落月成孤倚。

背灯和月就花阴，已是十年踪迹十年心。

注释

①银床：井栏的美称，也指辘轳架。淅沥：象声词，形容风雨声、落叶声等。 ②“屧粉”句：谓恋人的踪迹已在蟋蟀声中消灭。屧（xiè）粉：借指所恋女子的踪迹。屧为鞋的衬底。 ③连钱：草名，叶呈圆形，大如钱，故称。 ④翠翘：女子的头饰。 ⑤回廊：作者词中多次提及此地，是他与恋人有过恋情的地方。

潇湘雨

送西溟归慈溪[①]

长安一夜雨[②]，便添了、几分秋色。奈此际萧条，无端又听、渭城风笛[③]。咫尺层城留不住[④]，久相忘、到此偏相忆。依依白露丹枫，渐行渐远，天涯南北。 凄寂，黔娄当日事[⑤]，总名士、如何消得。只皂帽蹇驴[⑥]，西风残照[⑦]，倦游踪迹[⑧]。廿载江南犹落拓[⑨]，叹一人、知己终难觅。君须爱酒能诗，鉴湖无恙[⑩]，一蓑一笠[⑪]。

注释

①此调不见于词谱，可能是作者的自度曲。西溟：即姜宸英，见前《金缕曲》（谁复留君住）注①。 ②长安：这里指北京。 ③渭城风笛：离别的笛曲。唐王维《送元二使安西》：“渭城朝雨浥轻尘，客舍青青柳色新。劝君更尽一杯酒，西出阳关无故人。”诗又名《渭城曲》。 ④层城：京城。 ⑤黔娄：战国时齐国隐士，家贫，不肯出仕，死时衾不蔽体。后为贫士、隐士的

代称。 ⑥皂帽：黑色的帽子。蹇驴：跛脚的驴。 ⑦西风残照：李白《忆秦娥》词："西风残照，汉家陵阙。" ⑧倦游：厌烦游宦求仕。 ⑨落拓：潦倒失意，放荡不羁。 ⑩鉴湖：即镜湖，在浙江绍兴，唐贺知章曾居于此，这里即以贺知章喻姜宸英。 ⑪一蓑一笠：指隐居生活。宋王质《浣溪沙》词："眼共云山昏惨惨，心随烟水去悠悠，一蓑一笠任孤舟。"

雨中花

送徐艺初归昆山①

天外孤帆云外树，看又是春随人去②。水驿灯昏③，关城月落，不算凄凉处。 计程应惜天涯暮，打叠起伤心无数④。中坐波涛⑤，眼前冷暖，多少人难语。

注释

①徐艺初：是作者的老师徐乾学的儿子，名树谷，字艺初，苏州昆山人，康熙二十四年进士。 ②"看又是"句：宋吴文英《忆旧游》词："送人犹未苦，苦送春随人去天涯。" ③水驿：水路驿站。宋姜夔《解连环》词："水驿灯昏，又见在曲屏近底。" ④打叠起：收拾起。 ⑤"中坐"句：唐李贺《申胡子觱篥歌》诗："心事如波涛，中坐时时惊。"

临江仙

丝雨如尘云著水①，嫣香碎入吴宫②。百花冷暖避东风。酷怜娇易散，燕子学偎红③。 人说病宜随月减，恹恹却与春同[4]。可能留蝶抱花丛[5]。不成双梦影，翻笑杏梁空[6]。

注释

①“丝雨”句：唐崔橹《华清宫》诗：“红叶下山寒寂寂，湿云如梦雨如尘。” ②嫣香：娇艳的花瓣。 ③“酷怜”两句：娇美的宫花太容易凋落，让人怜惜，连燕子也学起人惜花来，它紧紧傍花而飞。偎红：偎红倚翠原指接近女色，这里指燕子傍花而飞。 ④恹（yān）恹：精神萎靡不振的样子。 ⑤可能：怎能，岂能。 ⑥“不成”两句：难道让成双成对的蝴蝶笑燕去梁空吗？不成：难道。杏梁：文杏木制成的屋梁。

临江仙

长记碧纱窗外语，秋风吹送归鸦。片帆从此寄天涯。一灯新睡觉[1]，思梦月初斜。　便是欲归归未得，不如燕子还家。春云春水带轻霞。画船人似月[2]，细雨落杨花。

注释

①新睡觉（jué）：刚刚睡醒。觉：睡醒。 ②“画船”句：五代韦庄《菩萨蛮》词：“垆边人似月，皓腕凝双雪。”

临江仙

塞上得家报，云秋海棠开矣，赋此[1]

六曲阑干三夜雨，倩谁护取娇慵[2]。可怜寂寞粉墙东。已分裙衩绿[3]，犹裹泪绡红[4]。　曾记鬓边斜落下，半床凉月

惺忪[5]。旧欢如在梦魂中。自然肠欲断[6]，何必更秋风。

注释

①秋海棠：多年生草本植物，叶大花小，八月开红花，故又称“八月春”。②娇慵：娇柔慵懒，此指秋海棠花。③裙衩：以女子绿色裙衩来比喻海棠的枝叶。④绡红：生丝织的薄绢。此句谓薄绢一样的花瓣上雨水犹存。⑤惺忪：刚睡醒时眼睛模糊不清的样子。⑥肠欲断：双关语，既指人，也指花。秋海棠又名断肠花。

临江仙

谢饷樱桃[1]

绿叶成阴春尽也[2]，守宫偏护星星[3]。留将颜色慰多情。分明千点泪，贮作玉壶冰[4]。独卧文园方病渴[5]，强拈红豆酬卿。感卿珍重报流莺。惜花须自爱，休只为花疼。

注释

①饷：款待。②“绿叶”句：唐杜牧《叹花》诗：“自恨寻芳到已迟，往年曾见未开时。如今风摆花狼藉，绿叶成阴子满枝。”③守宫：守宫砂。据晋张华《博物志》，蜥蜴又名壁虎，食朱砂，将其点在女子肢体上，红点终身不褪，只有行房事后才消失，故称守宫。这句意为樱桃红如朱砂。一说守宫即守宫槐，槐树的一种，其叶白天聚合，夜晚舒展。星星：这里指一粒粒樱桃。④玉壶冰：南朝鲍照《代白头吟》：“直如朱丝绳，清如玉壶冰。”“玉壶”参前《浣溪沙》（而今才道当时错）注。⑤文

园病渴：汉司马相如曾为孝文园令，患有消渴疾（即糖尿病），故此后文人常自称文园，以文园病渴指文人患病。这里作者自比司马相如。

临江仙

卢龙大树[①]

雨打风吹都似此[②]，将军一去谁怜[③]。画图曾记绿阴圆。旧时遗镞地[④]，今日种瓜田。　　系马南枝犹在否，萧萧欲下长川。九秋黄叶五更烟[⑤]。止应摇落尽[⑥]，不必问当年。

注释

①卢龙：地名，清属永平府治，今河北省卢龙县。　②“雨打”句：宋辛弃疾《永遇乐》词：“舞榭歌台，风流总被，雨打风吹去。”　③将军：指将军树，即大树。据《后汉书》，东汉冯异协助汉光武帝刘秀打天下，诸将并坐争功时，他常独坐在大树下，军中号为大树将军。庾信《哀江南赋》：“将军一去，大树飘零。”　④“旧时”句：卢龙在山海关附近，这里曾是战场，故云。镞（zú）：箭头。　⑤九秋：秋季的九十天。　⑥“止应”句：宋玉《九辩》：“悲哉，秋之为气也，萧瑟兮草木摇落而变衰。”

临江仙

飞絮飞花何处是，层冰积雪摧残[①]。疏疏一树五更寒。爱他明月好，憔悴也相关[②]。　　最是繁丝摇落后[③]，转教人忆春山[4]。湔裙梦断续应难[5]。西风多少恨，吹不散眉弯。

注释

①层冰：厚厚的冰。 ②关：关切、关怀。 ③最是：特别是。繁丝：指繁茂的柳丝。 ④春山：春山山色如黛，古时常借指女子的眉毛，此指所思的女子。 ⑤湔（jiàn）裙：即溅裙，溅湿了衣裙。李商隐《柳枝词序》载，柳枝姑娘告诉一位男子，三天后她将涉水溅裙来会。

临江仙

夜来带得些儿雪，冻云一树垂垂[1]。东风回首不胜悲[2]。叶干丝未尽，未死只颦眉[3]。　可忆红泥亭子外，纤腰舞困因谁[4]。如今寂寞待人归。明年依旧绿，知否系斑骓[5]？

注释

①冻云：这里指柳树上的积雪。 ②“东风”句：五代韦庄《春陌》诗：“肠断东风各回首，一枝春雪冻梅花。” ③颦眉：皱眉，这里指柳叶垂落。唐骆宾王《王昭君》诗：“古镜菱花瘦，愁眉柳叶颦。” ④纤腰：比喻柳枝。 ⑤斑骓：杂色斑纹的马。

临江仙

寄严荪友[1]

别后闲情何所寄，初莺早雁相思[2]。如今憔悴异当时。飘零心事，残月落花知。　生小不知江上路[3]，分明却到梁溪[4]。匆匆刚欲话分携[5]。香消梦冷[6]，窗白一声鸡。

注释

①严荪友：即作者友人严绳孙，字荪友，江苏无锡人。诗人、画家，与朱彝尊、姜宸英号为“江南三布衣”，著有《秋水集》。 ②初莺：指暮春时。早雁：指初秋时。此谓春去秋来。 ③江上路：江南之路。 ④梁溪：在今江苏无锡县西，源出惠山，流入太湖。此代指严绳孙的家乡。 ⑤分携：分手。 ⑥香消梦冷：谓梦醒后梦中的温馨没有了。

临江仙

永平道中[1]

独客单衾谁念我，晓来凉雨飕飕。缄书欲寄又还休[2]。个侬憔悴[3]，禁得更添愁。　　曾记年年三月病，而今病向深秋。卢龙风景白人头[4]。药炉烟里，支枕听河流[5]。

注释

①永平：清代府名，辖境相当今河北省长城以南、陡河以东地区。作者于康熙二十一年（1682）八月赴梭伦公差时途经此地。 ②缄书：将信札封口。 ③个侬：犹云那人，此指家中妻子。 ④卢龙：明清时为永平府府治所在地。 ⑤支枕：将枕头竖起、倚靠。

临江仙

点滴芭蕉心欲碎，声声催忆当初。欲眠还展旧时书。鸳鸯小字，犹记手生疏[①]。　倦眼乍低缃帙乱[②]，重看一半模糊。幽窗冷雨一灯孤[③]。料应情尽，还道有情无？

注释

①“鸳鸯”两句：明王次回《湘灵》诗：“戏仿曹娥把笔初，描花手法未生疏。沉吟欲作鸳鸯字，羞被郎窥不肯书。”②缃帙（xiāngzhì）：套在书上的浅黄色布套，这里指书籍。③“幽窗”句：明汤显祖《牡丹亭·悼觞》：“冷雨幽窗灯不红。”

鬓云松令[①]

枕函香，花径漏[②]。依约相逢[③]，絮语黄昏后。时节薄寒人病酒[④]，刬地梨花[⑤]，彻夜东风瘦。　掩银屏，垂翠袖。何处吹箫，脉脉情微逗[⑥]。肠断月明红豆蔻[⑦]，月似当时，人似当时否？

注释

①鬓云松令：《苏幕遮》的别名。②“枕函”二句：谓花径泄漏春光，致使枕头上尚留余香。③依约：隐约、仿佛。④病酒：谓饮酒过量，沉醉如病。⑤刬地：依旧。⑥逗：引发、触动。此指逗引出感情来。⑦豆蔻：多年生常绿草本植物，有肉豆蔻、红豆蔻、白豆蔻等品种。此喻指所恋之人。

鬓云松令

咏　浴[①]

鬓云松[①]，红玉润[②]。早月多情，送过梨花影。半晌斜钗慵未整，晕入轻潮[③]，刚爱微风醒[④]。　　露华清[⑤]，人语静。怕被郎窥，移却青鸾镜[⑥]。罗袜凌波波不定[⑦]，小扇单衣，可耐星前冷。

注释

①松：蓬乱。　②红玉润：比喻妇女肌肤红润。　③“晕入”句：谓微微泛起红润的肤色。潮，指脸色发红。　④刚：犹言偏、只。　⑤露华：清冷的月光。　⑥青鸾镜：即妇女的镜子。　⑦罗袜凌波：曹植《洛神赋》：“凌波微步，罗袜生尘。”凌波，比喻女子步履轻盈，越过水面。此形容女子沐浴时的情景。

于中好[①]

独背残阳上小楼，谁家玉笛韵偏幽？一行白雁遥天暮，几点黄花满地秋。　　惊节序，叹沉浮，秾华如梦水东流[②]。人间所事堪惆怅[③]，莫向横塘问旧游[④]。

注释

①于中好：《鹧鸪天》的别名。　②秾华：繁盛的花朵，这里指女子的青春美貌。　③所事：事事。唐曹唐《张硕重寄杜兰

香》诗："人间何事堪惆怅，海色西风十二楼。" ④横塘：地名，南京、苏州等地都有横塘，但诗词中并不一定实指其地。唐温庭筠《池塘七夕》诗："万家砧杵三篙水，一夕横塘似旧游。"

于中好

雁帖寒云次第飞[1]，向南犹自怨归迟。谁能瘦马关山道，又到西风扑鬓时。　人杳杳，思依依，更无芳树有乌啼。凭将扫黛窗前月[2]，持向今宵照别离。

注释

①帖：同"贴"。次第：依次。 ②扫黛：画眉。扫黛窗前月即女子居室窗外之月。

于中好

别绪如丝睡不成，哪堪孤枕梦边城。因听紫塞三更雨[1]，却忆红楼半夜灯。　书郑重，恨分明[2]，天将愁味酿多情。起来呵手封题处[3]，偏到鸳鸯两字冰。

注释

①紫塞：边塞。 ②"书郑重"两句：唐李商隐《无题》诗："锦长书郑重，眉细恨分明。" ③呵手：天寒时呵气暖手。封题处：书札的封口签押处。

于中好

谁道阴山行路难，风毛雨血万人欢[①]。松梢露点沾鹰绁[②]，芦叶溪深没马鞍。　依树歇，映林看，黄羊高宴簇金盘[③]。萧萧一夕霜风紧，却拥貂裘怨早寒。

注释

①风毛雨血：指大规模狩猎时禽兽毛血纷飞的情景。李白《上皇西巡南京歌》：“谁道君王行路难，六龙西幸万人欢。”　②鹰绁（xiè）：拴鹰的绳索。绁，绳索。　③黄羊：一种野羊。簇：众人围聚。

于中好

小构园林寂不哗，疏篱曲径仿人家。昼长吟罢风流子[①]，忽听楸枰响碧纱[②]。　添竹石，伴烟霞，拟凭樽酒慰年华。休嗟髀里今生肉[③]，努力春来自种花。

注释

①风流子：词牌名。　②楸枰（píng）：棋盘。古代棋盘多以楸木制成，故名。碧纱：指碧纱窗。　③髀（bì）里今生肉：因长久不骑马，大腿上的肉又长起来了。形容长久安逸无所作为。髀，大腿。

于中好

十月初四夜风雨，其明日是亡妇生辰

尘满疏帘素带飘，真成暗度可怜宵。几回偷拭青衫泪[①]，忽傍犀奁见翠翘[②]。　惟有恨，转无聊，五更依旧落花朝[③]。衰杨叶尽丝难尽[④]，冷雨凄风打画桥[⑤]。

注释

①青衫泪：白居易《琵琶行》："座中泣下谁最多，江州司马青衫湿。" ②犀奁：犀牛角制成的镜匣。翠翘：古时女子的头饰，似翠鸟尾的长毛，故名。以上代指亡妻生前之遗物。 ③落花朝：落花的早晨。 ④丝：谐音"思"，此句谓对亡妇的思念难尽。 ⑤画桥：饰有彩绘图案的桥。

于中好

冷露无声夜欲阑[①]，栖鸦不定朔风寒。生憎画鼓楼头急，不放征人梦里还。　秋淡淡，月弯弯，无人起向月中看[②]。明朝匹马相思处，知隔千山与万山[③]？

注释

①"冷露"句：唐王建《十五夜望月寄杜郎中》诗："中庭地白树栖鸦，冷露无声湿桂花。"阑：将尽。 ②"无人"句：唐卢纶《裴给事宅白牡丹》诗："别有玉盘承露冷，无人起就月中看。" ③"明朝"两句：唐岑参《原头送范侍御》诗："别

君只有相思梦，遮莫千山与万山。”

于中好

送梁汾南还，为题小影[①]

握手西风泪不干，年来多在别离间。遥知独听灯前雨，转忆同看雪后山。　　凭寄语，劝加餐[②]，桂花时节约重还。分明小像沉香缕，一片伤心欲画难[③]。

注释

①梁汾：作者的好友顾贞观。　②“凭寄语”两句：明王次回《满江红》词：“欲寄语，加餐饭。难嘱咐，鱼和雁。”③“一片”句：唐高蟾《金陵晚望》诗：“世间无限丹青手，一片伤心画不成。”

南乡子

捣　衣[①]

鸳瓦已新霜[②]，欲寄寒衣转自伤。见说征夫容易瘦[③]，端相[④]，梦里回时仔细量。　　支枕怯空房[⑤]，日拭清砧就月光[⑥]。已是深秋兼独夜，凄凉，月到西南更断肠。

注释

①捣衣：杨慎《升庵诗话》卷一二“捣衣”条：“古人捣衣，两女子对立，执一杵，如舂米然。今易作卧杵，对立捣之，取其便也。”　②鸳瓦：即鸳鸯瓦。见《菩萨蛮》（春风吹散湘帘

雨）注③。 ③见说：听说、闻说。 ④端相：仔细看。 ⑤支枕：见《临江仙·永平道中》注⑤。 ⑥砧（zhēn）：即捣衣石。

南乡子

为亡妇题照

泪咽却无声，只向从前悔薄情。凭仗丹青重省视[①]，盈盈，一片伤心画不成[②]。 别语忒分明[③]，午夜鹣鹣梦早醒[④]。卿自早醒侬自梦，更更[⑤]，泣尽风檐夜雨铃[⑥]。

注释

①丹青：作者亡妇的画像。省（xǐng）视：忆起、记住。②“一片”句：语本唐高蟾《金陵晚望》：“世间无数丹青手，一片伤心画不成。” ③忒分明：太清晰明确。忒（tè），即太、特。 ④鹣鹣（jiān）：比翼鸟。 ⑤更更：即一更又一更。⑥夜雨铃：白居易《长恨歌》：“行宫见月伤心色，夜雨闻铃肠断声。”

南乡子

柳絮晚悠飏[①]，斜日波纹映画梁。刺绣女儿楼上立，柔肠，爱看晴丝百尺长[②]。 风定却闻香，吹落残红在绣床[③]。休堕玉钗惊比翼[④]，双双，共唼缫花绿满塘[⑤]。

注释

①悠飏：飘飞。 ②晴丝：飘荡在空中的游丝。 ③残红：凋落的花瓣。 ④比翼：成双成对的水鸟。 ⑤唼（shà）：水鸟吃食。

南乡子

柳沟晓发[①]

灯影伴鸣梭，织女依然怨隔河[②]。曙色远连山色起，青螺[③]，回首微茫忆翠蛾[④]。 凄切客中过，料抵秋闺一半多[⑤]。一世疏狂应为著[⑥]，横波[⑦]，作个鸳鸯消得么[⑧]？

注释

①柳沟：柳沟城，在今北京延庆县八达岭北。 ②织女：织女星。河：天河，银河。这句用的是牛郎织女的民间传说。③青螺：指青山像女子青色的螺髻。 ④翠蛾：指美女。⑤“凄切”两句：在客中度过的凄切日子料想比在闺中陪伴爱人日子的一半还要多，说明在外漂泊时间之长。 ⑥疏狂：豪放不羁。 ⑦横波：女子的眼波。 ⑧消得：值得。

南乡子

何处淬吴钩[①]，一片城荒枕碧流。曾是当年龙战地[②]，飕飕[③]，塞草霜风满地秋。 霸业等闲休[④]，跃马横戈总白头。莫把韶华轻换了[⑤]，封侯，多少英雄只废丘。

注释

①淬（cuì）：铸刀剑时，将烧红的坯样浸入水中，以增加其弹性和硬度。吴钩：一种形似剑而曲的宝刀。《吴越春秋》载，吴王阖闾已得莫邪剑，复命人作金钩。有人贪吴王重赏，杀其二子，以血涂于钩，遂成二钩献吴王。后以吴钩泛指宝剑。　②龙战：群雄割据，争夺天下的战争。　③飕飕：形容风吹的声音。　④等闲休：轻易地消失了。　⑤韶华：青春时光。

南乡子

烟暖雨初收，落尽繁花小院幽。摘得一双红豆子[①]，低头，说著分擁泪暗流。　　人去似春休，卮酒曾将酹石尤[②]。别自有人桃叶渡[③]，扁舟，一种烟波各自愁。

注释

①红豆子：红豆，相思树所结之果，大如豌豆，色鲜红或半红半黑，古人将它作为爱情或相思的象征。　②卮（zhī）：古代盛酒的器具。酹（lèi）：以酒洒地表示祭奠。石尤：逆风、顶头风。传说古代一石姓女子嫁给尤姓男子，尤出门经商，石氏劝阻未果。后尤郎经久不归，石氏相思成疾，临终前说她死后如遇有商人远行，她定会化作大风阻止。后即以船遇打头风为石尤风。事见伊世珍《瑯嬛记》引《江湖纪闻》。　③桃叶渡：渡口名，在南京秦淮河畔。相传晋王献之曾在此送其妾桃叶，故得名。

踏莎行

月华如水，波纹似练，几簇淡烟衰柳。塞鸿一夜尽南飞，谁与问倚楼人瘦。　韵拈风絮[①]，录成金石[②]，不是舞裙歌袖[③]。从前负尽扫眉才[④]，又担阁镜囊重绣[⑤]。

注释

①韵拈风絮：用晋代才女谢道韫将雪花比作“柳絮因风起”的典故。②录成金石：《金石录》，宋赵明诚撰，著录金石拓片共二千种，后由其妻李清照献给朝廷。③“不是”句：（是像谢、李一样有才学的人），不是只会以歌舞娱人的歌女。④扫眉才：才女。⑤担阁：耽搁。镜囊：装镜子的袋子。古人有以镜占卜之习，唐王建《镜听词》记一女子以镜占夫归期，许诺如果其夫三天内归来，她将为镜子重绣镜囊。（“可中三日得相见，重绣镜囊磨镜面。”）

踏莎行

春水鸭头[①]，春山鹦嘴[②]，烟丝无力风斜倚。百花时节好逢迎，可怜人掩屏山睡[③]。　密语移灯，闲情枕臂，从教酝酿孤眠味[④]。春鸿不解讳相思，映窗书破人人字[⑤]。

注释

①鸭头：指绿色，又称鸭头绿。这句说春水泛起鸭头绿。②鹦嘴：红色。这句说山花像鹦哥的红嘴一样红。③屏山：屏风。④从教：任凭，听凭。⑤人人：人，重复表示亲昵。

踏莎行

倚柳题笺[①]，当花侧帽[②]，赏心应比驱驰好[③]。错教双鬓受东风，看吹绿影成丝早[④]。　　金殿寒鸦，玉阶春草，就中冷暖和谁道。小楼明月镇长闲[⑤]，人生何事缁尘老[⑥]。

注释

①倚柳题笺：谓吟诗作词等高雅的生活。　②侧帽：歪戴着帽子，形容不拘礼法、洒脱自如的举止。　③驱驰：指扈驾出巡的侍卫生活。　④绿影：指乌黑发亮的鬓发。成丝早：指头发很早就变白了。　⑤小楼：指自己的家。镇长：经常、时常。⑥缁尘：黑色灰尘，指风尘、尘世。

剪湘云[①]

送　友

险韵慵拈[②]，新声醉倚[③]。尽历遍情场，懊恼曾记[④]。不道当时断肠事，还较而今得意。向西风、约略数年华，旧心情灰矣。　　正是冷雨秋槐，鬓丝憔悴。又领略愁中，送客滋味。密约重逢知甚日，看取青衫和泪[⑤]。梦天涯、绕遍尽由人，只尊前迢递[⑥]。

注释

①剪湘云：顾贞观的自度曲。　②险韵：用生僻字或同韵字少的字押的韵。宋晏几道《六么令》词："昨夜诗有回文，韵险

还慵押。” ③新声：新的乐曲。倚新声即依新的乐曲填词。④“尽历”句：明王次回《即事》诗：“历遍情场滟滪滩，近来心性耐波澜。” ⑤青衫和泪：唐白居易《琵琶行》诗：“座中泣下谁最多，江州司马青衫湿。” ⑥迢递：远。

鹊桥仙

七　夕①

乞巧楼空②，影娥池冷③，佳节只供愁叹。丁宁休曝旧罗衣④，忆素手为余缝绽⑤。　莲粉飘红⑥，菱丝翳碧⑦，仰见明星空烂。亲持钿合梦中来，信天上人间非幻⑧。

注释

①七夕：农历七月初七夜，民间传说牛郎织女于此夜渡过天河相会。 ②乞巧楼：乞巧是民间习俗，妇女于七夕之时搭起彩楼，摆上瓜果，向月穿针，乞求织女赐给巧手。 ③影娥池：汉武帝时池名，宫女们在此乘船赏月，故名影娥池。 ④丁宁：即叮咛。曝（pù）：晒。七夕曝衣是古代习俗。 ⑤缝绽：缝衣。明王次回《春暮减衣》诗：“难消素手为缝绽，那得闲心问纤缣。” ⑥莲粉：荷花。杜甫《秋兴》诗：“波漂菰米沉云黑，露冷莲房坠粉红。” ⑦菱丝：菱蔓。翳（yì）：遮蔽。 ⑧“亲持”两句：钿合，首饰盒，古代女子常将其作为定情信物。这里用唐明皇和杨贵妃的故事。白居易《长恨歌》：“唯将旧物表深情，钿合金钗寄将去。钗留一股合一扇，钗擘黄金合分钿。但教心似金钿坚，天上人间会相见。”

御带花

重九夜[1]

晚秋却胜春天好，情在冷香深处[2]。朱楼六扇小屏山[3]，寂寞几分尘土。虬尾烟消[4]，人梦觉、碎虫零杵[5]。便强说欢娱，总是无憀心绪[6]。　转忆当年，消受尽皓腕红萸[7]，嫣然一顾。如今何事，向禅榻茶烟[8]，怕歌愁舞[9]。玉粟寒生[10]，且领略、月明清露。叹此际凄凉，何必更、满城风雨。

注释

①重九：农历九月九，重阳节。　②冷香：这里指菊花。　③六扇小屏山：六折屏风。五代顾敻《玉楼春》词："拂水双飞来去燕，曲槛小屏山六扇。"　④虬尾：龙形盘香。　⑤碎虫零杵（chǔ）：稀疏零碎的虫鸣声和捣衣声。杵：捣衣用的圆木棒，这里指捣衣声。　⑥无憀（liáo）：无聊赖。　⑦皓腕：雪白的手腕。红萸：红色的茱萸。重阳节有佩戴茱萸以避邪的习俗。　⑧禅榻：禅床。唐杜牧《题禅院》诗："今日鬓丝禅榻畔，茶烟轻飏落花风。"　⑨怕歌愁舞：宋陆游《朝中措》词："怕歌愁舞懒逢迎。"　⑩玉粟：皮肤因受冷而呈粟状，俗称鸡皮疙瘩。

疏　影

芭　蕉

湘帘卷处[1]，甚离披翠影[2]，绕檐遮住。小立吹裙，常伴春慵[3]，掩映绣床金缕[4]。芳心一束浑难展[5]，清泪裹、隔年愁聚[6]。更夜深、细听空阶雨滴[7]，梦回无据[8]。　　正是秋来寂寞，偏声声点点，助人离绪。缬被初寒[9]，宿酒全醒，搅碎乱蛩双杵[10]。西风落尽庭梧叶，还剩得、绿阴如许。想玉人、和露折来[11]，曾写断肠句[12]。

注释

①湘帘：用湘妃竹编制的帘子。　②离披：散乱、晃动的样子。　③春慵：春季里妇女常有的慵懒毛病。　④绣床：装饰华美的床，多指女子的睡床。金缕：金缕衣的省称。　⑤芳心：春心，女子怀春的情意。　⑥清泪：喻指芭蕉上的露珠。　⑦空阶：空寂的台阶。　⑧无据：无所依靠。　⑨缬被：染有彩色花纹的丝被。缬（xié）：有花纹的丝织品。　⑩乱蛩双杵：指杂乱的蟋蟀声与交叠的砧杵声。　⑪玉人：貌美之人，此指所爱恋的女子。　⑫“曾写”句：唐韦应物《闲居寄诸弟》：“尽日高斋无一事，芭蕉叶上独题诗。”

添字采桑子

闲愁似与斜阳约，红点苍苔，蛱蝶飞回。又是梧桐新绿影[1]，上阶来。　　天涯望处音尘断，花谢花开，懊恼离怀。空压钿筐金缕绣[2]，合双鞋[3]。

注释

①“又是”句：宋欧阳修《摸鱼儿》词：“卷绣帘、梧桐秋院落，一霎雨添新绿。”　②钿筐：镶嵌有金银贝壳的筐，这里指针线筐箩。　③合双鞋：绣有鸳鸯或鸾凤图案的鞋子。

望江南

宿双林禅院有感[①]

挑灯坐，坐久忆年时[②]。薄雾笼花娇欲泣[③]，夜深微月下杨枝，催道太眠迟。　　憔悴去，此恨有谁知。天上人间俱怅望，经声佛火两凄迷[④]，未梦已先疑。

注释

①双林禅院：在今辽宁省锦县松山。　②年时：去年此时。③“薄雾”句：宋程垓《满江红》词：“薄霭笼花天欲暮，小风吹角声初咽。”　④佛火：佛寺里的香火。

木兰花慢

立秋夜雨，送梁汾南行[①]

盼银河迢递[②]，惊入夜，转清商[③]。乍西园蝴蝶，轻翻麝粉[④]，暗惹蜂黄[⑤]。炎凉。等闲瞥眼[⑥]，甚丝丝、点点搅柔肠[⑦]。应是登临送客[⑧]，别离滋味重尝。　　疑将，水墨画疏窗，孤影淡潇湘[⑨]。倩一叶高梧，半条残烛，做尽商量。荷裳被风暗剪[⑩]，问今宵、谁与盖鸳鸯[⑪]。从此羁愁万叠，梦回分付啼螿[⑫]。

注释

①立秋：康熙二十年立秋。这一年顾贞观因母丧南归，作者作此词送行。　②迢递：高远。　③清商：清秋，这里指秋风或

秋雨。 ④麝粉：这里指蝴蝶翅膀上的粉。 ⑤蜂黄：蜜蜂身上的黄色粉末。 ⑥瞥眼：一转眼。 ⑦甚：为什么。 ⑧登临：登山临水。 ⑨“水墨”两句：窗上的雨痕就像水墨画成的潇湘图。 ⑩荷裳：荷叶。 ⑪盖鸳鸯：唐郑谷《莲叶》诗：“多谢浣溪人不折，雨中留得盖鸳鸯。” ⑫啼螀（jiāng）：寒蝉。

百字令

废园有感

片红飞减[①]，甚东风不语[②]、只催漂泊。石上胭脂花上露[③]，谁与画眉商略[④]。碧甃瓶沉[⑤]，紫钱钗掩[⑥]，雀踏金铃索[⑦]。韶华如梦，为寻好梦担阁[⑧]。 又是金粉空梁，定巢燕子，一口香泥落[⑨]。欲写华笺凭寄与，多少心情难托。梅豆圆时[⑩]，柳绵飘处，失记当初约[⑪]。斜阳冉冉，断魂分付残角[⑫]。

注释

①片红飞减：杜甫《曲江》诗：“一片花飞减却春，风飘万点正愁人。” ②甚：为什么。 ③胭脂：此指落在石上的花瓣。 ④画眉：即画眉鸟。商略：商讨、商量。 ⑤碧甃（zhòu）：碧绿色的井壁，此指井。瓶：此指水罐。 ⑥紫钱：青紫色的苔藓。钗掩：谓钗头被苔藓所掩盖，意即往日嬉戏的踪迹消失了。 ⑦金铃索：指系护花铃的绳索。五代王仁裕《开元天宝遗事》“花上金铃”条载：天宝初，宁王惜花，尝于后园结红丝为绳，密缀金铃，系于花梢，每有鸟鹊集，则命园吏拉铃索以惊之。 ⑧担阁：犹言耽搁。 ⑨香泥：燕巢上落下的泥土。 ⑩梅豆：

指梅子。 ⑪失记：忘记。 ⑫残角：远处隐约的号角声。

百字令

宿汉儿村[①]

无情野火，趁西风烧遍、天涯芳草。榆塞重来冰雪里[②]，冷入鬓丝吹老。牧马长嘶，征笳乱动[③]，并入愁怀抱。定知今夕，庾郎瘦损多少[④]。 便是脑满肠肥[⑤]，尚难消受，此荒烟落照。何况文园憔悴后[⑥]，非复酒垆风调[⑦]。回乐峰寒[⑧]，受降城远[⑨]，梦向家山绕。茫茫百感，凭高唯有清啸。

注释

①汉儿村：在今辽宁省朝阳市境内。 ②榆塞：榆关，即山海关。 ③“牧马”两句：汉李陵《答苏武书》：“胡笳互动，牧马悲鸣。” ④庾郎：北周诗人庾信。他身经丧乱，作品饱含愁思，曾作《愁赋》。 ⑤脑满肠肥：不操心的人，吃得饱，养得胖。 ⑥文园：指司马相如。见前《临江仙》（谢饷樱桃）注。⑦酒垆风调：据《史记·司马相如列传》，司马相如曾和妻子卓文君在酒店当垆卖酒。 ⑧回乐峰：在今宁夏灵武西南。 ⑨受降城：有三处，这里泛指边塞。

百字令

绿杨飞絮，叹沉沉院落，春归何许[①]。尽日缁尘吹绮陌[②]，迷却梦游归路。世事悠悠，生涯未是，醉眼斜阳暮。伤心怕问，断魂何处金鼓[③]？ 夜来月色如银[④]，和衣独拥，花影疏窗度。脉脉此情谁得识[⑤]，又道故人别去。细数落花[⑥]，更阑未睡，别是闲情绪。闻余长叹，西廊唯有鹦鹉。

注释

①何许：何处。 ②缁（zī）尘：黑色尘土。绮陌：繁华的街道。 ③金鼓：军中发布号令之具，金指金钲，鸣金则收兵，击鼓则前进。 ④“夜来”句：宋苏轼《行香子》词：“清夜无尘，月色如银。” ⑤“脉脉”句：宋辛弃疾《摸鱼儿》词：“千金纵买相如赋，脉脉此情谁诉？”谁得：谁能。 ⑥“细数”句：宋王安石《北山》诗：“细数落花因坐久，缓寻芳草得归迟。”

百字令

人生能几[①]，总不如休惹、情条恨叶[②]。刚是尊前同一笑[③]，又到别离时节。灯灺挑残[④]，炉烟爇尽[⑤]，无语空凝咽[⑥]。一天凉露，芳魂此夜偷接[⑦]。 怕见人去楼空，柳枝无恙，犹扫窗间月。无分暗香深处住[⑧]，悔把兰襟亲结[⑨]。尚暖檀痕[⑩]，犹寒翠影，触绪添悲切。愁多成病，此愁知向谁说。

注释

①人生能几：三国魏曹操《短歌行》诗：“对酒当歌，人生几何？”五代韦庄《菩萨蛮》词：“遇酒且呵呵，人生能几何。”②情条恨叶：宋洪瑹《水龙吟》词：“念平生多少，情条恨叶，镇长使、芳心困。” ③“刚是”句：明王次回《续游》诗：“又到尊前同一笑，履綦经月断过从。” ④灯灺（xiè）：灯烛的

灰烬。 ⑤爇（ruò）：燃烧。 ⑥“无语”句：宋柳永《雨霖铃》词：“执手相看泪眼，竟无语凝咽。” ⑦接：会面。宋史达祖《醉落魄》词：“雨长新寒，今夜梦魂接。” ⑧无分：没有缘分。 ⑨兰襟：香洁的衣襟，又比喻知己之交。 ⑩檀痕：带有香粉的泪痕。

沁园春

代悼亡

梦冷蘅芜[①]，却望姗姗，是耶非耶[②]？怅兰膏渍粉[③]，尚留犀合[④]；金泥蹙绣[⑤]，空掩蝉纱[⑥]。影弱难持，缘深暂隔，只当离愁滞海涯。归来也，趁星前月底，魂在梨花。 鸾胶纵续琵琶[⑦]。问可及、当年萼绿华[⑧]。但无端摧折，恶经风浪[⑨]；不如零落，判委尘沙[⑩]。最忆相看，娇讹道字[⑪]，手剪银灯自泼茶。今已矣，便帐中重见，那似伊家[⑫]。

注释

①“梦冷”句：晋王嘉《拾遗记》卷五：“及（汉武）帝息于延凉室，卧梦李夫人授帝蘅芜之香。帝惊起，而香气犹著衣枕，历月不歇。”蘅芜：香草。 ②“却望”两句：据《汉书·外戚传》，因汉武帝思念故去的李夫人，方士便施法术，于帐中张灯烛，令武帝居于另一帐中。武帝遥望见一个像李夫人的女子走进方士的帐中，而自己却不能前去相见，相思之情更甚，于是作诗：“是耶非耶？立而望之，偏何姗姗其来迟。”姗姗：形容走路缓慢从容的恣态。 ③兰膏：润发油。渍粉：残留的香粉。④犀合：犀牛角制成的首饰盒。 ⑤金泥：用以饰物的金粉。蹙

绣：用金线刺绣而皱缩其线纹，使之紧密匀贴。 ⑥蝉纱：薄如蝉翼的轻纱。 ⑦鸾胶：传说仙人以凤喙麟角煎成的能续弓弩已断之弦的胶，又称续弦胶，后以之喻续娶后妻。 ⑧萼绿华：传说中的仙女。 ⑨恶经风浪：经历很大的风浪。恶：甚。⑩判：甘愿。 ⑪娇讹道字：指女子读错字音的娇态。 ⑫伊家：那人，这里指亡人。

沁园春

试望阴山[①]，黯然销魂[②]，无言徘徊。见青峰几簇，去天才尺；黄沙一片，匝地无埃[③]。碎叶城荒[④]，拂云堆远[⑤]，雕外寒烟惨不开[⑥]。踟蹰久[⑦]，忽砯崖转石，万壑惊雷[⑧]。 穷边自足秋怀，又何必、平生多恨哉。只凄凉绝塞，蛾眉遗冢[⑨]；销沉腐草，骏骨空台[⑩]。北转河流，南横斗柄[⑪]，略点微霜鬓早衰。君不信，向西风回首，百事堪哀。

注释

①阴山：河套以北、大漠以南诸山的总称。 ②黯然销魂：江淹《别赋》：“黯然销魂者，唯别而已矣。” ③匝地：遍地。④碎叶城：唐代西北边防重镇，在今吉尔吉斯坦共和国托克马克城附近。 ⑤拂云堆：在今内蒙古五原县，堆上有中受降城，并建有拂云堆神祠。 ⑥雕：雕鹰。 ⑦踟蹰：徘徊不前。⑧“忽砯崖”二句：李白《蜀道难》：“飞湍瀑流争喧豗，砯崖转石万壑雷。” ⑨蛾眉遗冢：指汉代王昭君墓。 ⑩骏骨：骏马之骨。空台：指燕昭王修筑的黄金台。 ⑪斗柄：北斗七星，其中四星形似斗，三星形似柄。

沁园春

丁巳重阳前三日[①]，梦亡妇淡妆素服执手哽咽，语多不复能记。但临别有云："衔恨愿为天上月，年年犹得向郎圆。"妇素未工诗，不知何以得此也。觉后感赋。

瞬息浮生，薄命如斯，低徊怎忘。记绣榻闲时，并吹红雨[②]；雕阑曲处，同倚斜阳。梦好难留，诗残莫续，赢得更深哭一场。遗容在，只灵飙一转[③]，未许端详。　重寻碧落茫茫[④]，料短发、朝来定有霜。便人间天上，尘缘未断；春花秋叶，触绪还伤。欲结绸缪[⑤]，翻惊摇落[⑥]，减尽荀衣昨日香[⑦]。真无奈，倩声声邻笛[⑧]，谱出回肠。

注释

①丁巳：康熙十六年（1677），作者二十三岁。　②红雨：指落花。唐李贺《将进酒》："桃花乱落如红雨。"　③灵飙：神风。此指梦中爱妻飘飞的身影。　④碧落：青天。　⑤绸缪：情意殷勤，此指夫妻恩情。　⑥摇落：草木凋落，此指亡逝。⑦"减尽"句：谓早日的风流神采已消失殆尽。《太平御览》卷七〇三引晋习凿齿《襄阳记》："刘季和曰：'荀令君（彧）至人家，坐处三日香。'"　⑧邻笛：晋向秀《思旧赋》载，"邻人有吹笛者，发声寥亮，追思曩昔游宴之好，感音而叹，故作赋云。"

东风齐著力

电急流光[①]，天生薄命，有泪如潮。勉为欢谑[②]，到底总无聊。欲谱频年离恨[③]，言已尽、恨未曾消。凭谁把，一天愁绪，按出琼箫[④]。　往事水迢迢。窗前月，几番空照魂销。旧欢新梦，雁齿小红桥[⑤]。最是烧灯时候[⑥]，宜春髻、酒暖蒲萄[⑦]。凄凉煞、五枝青玉[⑧]，风雨飘飘。

注释

①电急流光：时间流逝如闪电。　②谑（xuè）：开玩笑。③谱：制曲填词。　④琼箫：玉箫。　⑤雁齿：像雁行一样排列整齐，多以喻桥的台阶。唐白居易《新春江次》诗："鸭头新绿水，雁齿小红桥。"　⑥烧灯时候：元宵节。烧灯：点灯。⑦宜春髻：旧时女子立春日发式，以彩纸剪成燕形戴在头上，贴"宜春"二字。酒暖蒲萄："蒲萄酒暖"的倒文。　⑧五枝青玉：五枝灯。

摸鱼儿

送座主德清蔡先生[①]

问人生、头白京国[②]，算来何事消得[③]？不如罨画清溪上[④]，蓑笠扁舟一只。人不识，且笑煮鲈鱼，趁着莼丝碧[⑤]。无端酸鼻[⑥]。向歧路销魂，征轮驿骑[⑦]，断雁西风急[⑧]。　英雄辈，事业东西南北。临风因甚成泣？酬知有愿频挥手[⑨]，零雨凄其此日[⑩]。休太息，须信道、诸公衮衮皆虚掷[⑪]。年来踪

迹，有多少雄心，几番恶梦，泪点霜华织[12]。

注释

①座主：隋唐后考生对主持科举考试之考官、总裁的称呼。蔡先生：即蔡启僔（1619—1683），字石公，号昆阳，浙江德清人。作者康熙十一年（1672）中顺天乡试，蔡为主考官，故称之座主。 ②京国：京城，指北京。 ③消得：值得。 ④罨（yǎn）画：溪水名，在今浙江长兴县，德清与长兴古时均属乌程。 ⑤鲈鱼、莼丝：用西晋张翰之典。《世说新语·识鉴》载，吴地人张翰在洛阳做官，见秋风起，更思念家乡美味的莼菜羹和鲈鱼脍，他说："人生贵得适意尔，何能羁宦数千里以要名爵？"于是辞官归家。 ⑥酸鼻：令人悲痛欲泣。 ⑦征轮驿骑：指行人所乘之车马。 ⑧断雁：孤雁。 ⑨酬知：酬答知己。 ⑩凄其：寒凉。 ⑪虚掷：虚度年华。 ⑫霜华：指白发。

摸鱼儿

午日雨眺[1]

涨痕添、半篙柔绿[2]，蒲梢荇叶无数[3]。台榭空濛烟柳暗，白鸟衔鱼欲舞。红桥路，正一派、画船箫鼓中流住，呕哑柔橹[4]。又早拂新荷，沿堤忽转，冲破翠钱雨[5]。　蒹葭渚[6]，不减潇湘深处。霏霏漠漠如雾[7]。滴成一片鲛人泪[8]，也似汨罗投赋[9]。愁难谱。只彩线、香菰脉脉成千古[10]，伤心莫语。记那日旗亭[11]，水嬉散尽，中酒阻风去。

注释

①午日：农历五月初五，端午节。 ②涨痕：涨水后留下的痕迹。元张翥《摸鱼儿》词："涨西湖，半篙新绿。" ③蒲：蒲柳，即水杨。荇（xìng）：荇菜，一种漂浮在水面的水草。④呕哑：摇橹声。 ⑤翠钱：新生的荷叶形如小铜钱，故称。⑥蒹葭渚：长满芦苇的水滨。 ⑦"霏霏"句：唐吴融《春雨》诗："霏霏漠漠暗和春，幂翠凝红色更新。" ⑧鲛人泪：神话传说中的人鱼所流的眼泪。这里指雨滴如珠。 ⑨汨罗投赋：屈原因忧愤国事而自沉汨罗江，后人作文赋诗投入江中以示凭吊。投：投赠，这里指作赋凭吊。 ⑩香菰：指粽子。 ⑪旗亭：酒楼。因其挂旗为酒招，故名。

相见欢

微云一抹遥峰[①]，冷溶溶，恰与个人、清晓画眉同[②]。
红蜡泪[③]，青绫被[④]，水沉浓[⑤]。却向黄茅野店、听西风[⑥]。

注释

①微云一抹：即一片微云。宋秦观《满庭芳》词："山抹微云，天粘衰草。" ②个人：犹言那人，指意中人。此句谓一抹微云的远山恰似那人清晨所画的眉毛。 ③蜡泪：蜡烛燃烧时，油脂熔化，好似泪流，故称蜡泪。 ④青绫被：青色薄布缝制的被子。 ⑤水沉：即水沉香，古时多陈设于闺房。 ⑥黄茅野店：喻指荒野僻远之地。

锦堂春[1]

帘际一痕轻绿，墙阴几簇低花。夜来微雨西风软，无力任欹斜[2]。　　仿佛个人睡起[3]，晕红不著铅华[4]。天寒翠袖添凄楚[5]，愁近欲栖鸦。

注释

①别本此调下有词题“秋海棠”。　②欹（qī）斜：歪斜。③“仿佛”句：据《太真外传》，唐明皇曾比喻醉后的杨贵妃是没有睡醒的海棠。个人：那人。　④铅华：脸上搽的粉。⑤“天寒”句：杜甫《佳人》诗：“天寒翠袖薄，日暮倚修竹。”

忆秦娥

龙潭口[1]

山重叠，悬崖一线天疑裂[2]。天疑裂。断碑题字，古苔横啮[3]。　　风声雷动鸣金铁[4]，阴森潭底蛟龙窟。蛟龙窟。兴亡满眼[5]，旧时明月。

注释

①龙潭口：地名，在今吉林市东郊龙潭山。又，今山西省孟县北亦有“龙潭”。未知孰是。　②天疑裂：好像天幕要裂开了。宋梁周翰《五凤楼赋》：“门呀洞缺，若天之疑裂。”　③古苔横啮：意谓古碑上的苍苔好像在啃咬着碑文。　④鸣金铁：形容风雷声如同金属撞击发出的声音。欧阳修《秋声赋》：“钘钘铮铮，

金铁皆鸣。” ⑤“兴亡”二句：谓只有明月能清楚地看到国家的兴亡盛衰。

忆秦娥

春深浅[①]，一痕摇漾青如剪[②]。青如剪。鹭鸶立处，烟芜平远[③]。 吹开吹谢东风倦，缃桃自惜红颜变[④]。红颜变。兔葵燕麦[⑤]，重来相见。

注释

①春深浅：春已深。深浅在这里是偏义词，指深。唐朱庆余《同友人看花》诗：“寻花不问春深浅，纵是残红也入时。” ②一痕：涨水的痕迹。唐温庭筠《春野行》诗：“草浅浅，春如剪。” ③烟芜：如烟的草地。 ④缃桃：缃核桃，果实为浅红色。 ⑤兔葵燕麦：指杂草丛生，一片荒凉。兔葵、燕麦：野草。唐刘禹锡《再游玄都观绝句引》：“重游玄都，荡然无复一树，唯兔葵燕麦，动摇于春风耳。”

减字木兰花

烛花摇影，冷透疏衾刚欲醒[①]。待不思量[②]，不许孤眠不断肠。 茫茫碧落[③]，天上人间情一诺[④]。银汉难通[⑤]，稳耐风波愿始从[⑥]。

注释

①疏衾：因人孤眠而感到空疏冷寂，故云疏衾。 ②待不思量：苏轼《江城子》词：“十年生死两茫茫，不思量，自难忘。”

③碧落：青天。 ④一诺：说话守信用。《史记·季布传》：“楚人谚曰：‘得黄金百斤，不如季布一诺。’” ⑤银汉：银河。⑥耐：忍受。风波：喻指患难。此句意谓甘愿忍受人生的患难，一切从头开始。

减字木兰花

相逢不语，一朵芙蓉着秋风。小晕红潮[1]，斜溜鬟心只凤翘[2]。　　待将低唤，直为凝情恐人见[3]。欲诉幽怀，转过回阑叩玉钗[4]。

注释

①小晕红潮：谓脸上微微泛起的红晕。 ②斜溜：谓头上斜插的首饰光亮圆润。凤翘：一种凤形的头饰。 ③直为：只是由于、仅为。凝情：含情凝睇的样子。 ④回阑：曲折的栏杆。

减字木兰花

从教铁石[1]，每见花开成惜惜[2]。泪点难消，滴损苍烟玉一条[3]。　　怜伊太冷，添个纸窗疏竹影。记取相思，环佩归来月上时[4]。

注释

①从教：任凭。铁石：铁石心肠。 ②惜惜：怜惜。宋辛弃疾《摸鱼儿》词：“惜春长怕花开早，何况落红无数。” ③玉一条：指梅树。 ④“环佩”句：宋姜夔《疏影》词：“昭君不惯胡沙远，但暗忆江南江北。想佩环月夜归来，化作此花幽独。”

减字木兰花

断魂无据①，万水千山何处去②？没个音书，尽日东风上绿除③。　　故园春好，寄语落花须自扫。莫更伤春，同是恹恹多病人④。

注释

①断魂：忧伤的梦魂。无据：无所依凭。宋刘弇《惜双双令》词："翠屏人在天低处。梦魂断、行云无据。"　②"万水"句：五代韦庄《木兰花》词："千山万水不曾行，魂梦欲教何处觅。"　③绿除：长满绿草的台阶。除：台阶。　④恹恹：精神萎靡的样子。

减字木兰花

新　月

晚妆欲罢①，更把纤眉临镜画。准待分明②，和雨和烟两不胜③。　　莫教星替，守取团圆终必遂。此夜红楼，天上人间一样愁。

注释

①晚妆：女子梳理晚妆。　②准待：犹言打算。　③两不胜：谓新月为烟雨所遮掩，新月、烟雨均不甚分明。

海棠春

落红片片浑如雾[①]，不教更觅桃源路[②]。香径晚风寒[③]，月在花飞处。　蔷薇影暗空凝伫[④]，任碧飐、轻衫萦住[⑤]。惊起早栖鸦，飞过秋千去。

注释

①落红：即落花。　②桃源路：指通往理想境界桃花源的道路。　③香径：花间小路或指遍地落花的小路。　④空凝伫：徒然地凝思着、期待着。　⑤碧飐（zhǎn）：指被风吹动的绿色花叶。飐，颤动、摇动。

少年游

算来好景只如斯，惟许有情知。寻常风月，等闲谈笑，称意即相宜。　十年青鸟音尘断[①]，往事不胜思。一钩残照，半帘飞絮，总是恼人时。

注释

①青鸟：传说中西王母的神鸟，后以之代指传递书信的使者。

大 酺

寄梁汾

只一炉烟，一窗月，断送朱颜如许。韶光犹在眼[①]，怪无端吹上，几分尘土。手捻残枝，沉吟往事，浑似前生无据。鳞鸿凭谁寄[②]，想天涯只影，凄风苦雨。便砑损吴绫[③]，啼沾蜀纸，有谁同赋。　　当时不是错，好花月、合受天公妒。准拟倩、春归燕子[④]，说与从头，争教他、会人言语[⑤]。万一离魂遇，偏梦被、冷香萦住。刚听得、城头鼓。相思何益，待把来生祝取，慧业相同一处[⑥]。

注释

①韶光：美丽的春光。　②鳞鸿：鱼雁，这里指书信。③砑（yà）：碾压物体使其密实光亮。　④准拟：一定。倩：请。⑤争教：怎教，怎奈。宋赵佶《燕山亭》词："凭寄离恨重重，这双燕，何曾会人言语。"　⑥慧业：佛教用语，指生来赋有智慧的业缘。

满庭芳

题元人《芦洲聚雁图》

似有猿啼，更无渔唱，依稀落尽丹枫。湿云影里，点点宿宾鸿[①]。占断沙洲寂寞[②]，寒潮上、一抹烟笼。全不似、半江瑟瑟，相映半江红[③]。　　楚天秋欲尽，荻花吹处，竟日冥濛[④]。近黄陵祠庙[⑤]，莫采芙蓉[⑥]。我欲行吟去也，应难问、骚客遗踪[7]。湘灵杳[8]，一樽遥酹[9]，还欲认青峰[10]。

注释

①宾鸿：大雁。　②占断：占尽。宋苏轼《卜算子》词："拣尽寒枝不肯栖，寂寞沙洲冷。"　③"全不似"两句：唐白居易《暮江吟》诗："一道残阳铺水中，半江瑟瑟半江红。"　④冥濛：幽暗不明。　⑤黄陵祠庙：即黄陵庙，传说为舜的妃子娥皇、女英的庙，在湖南湘阴县北。　⑥芙蓉：荷花的别名。⑦骚客：指屈原。屈原《渔父》："屈原既放，游于江潭，行吟泽畔，颜色憔悴。"　⑧湘灵：此指舜的妃子湘夫人。　⑨樽：古代盛酒的器具。酹：洒酒于地表示祭奠。　⑩青峰：用唐钱起《省试湘灵鼓瑟》诗意："曲终人不见，江上数峰青。"

满庭芳

堠雪翻鸦[1]，河冰跃马，惊风吹度龙堆[2]。阴磷夜泣[3]，此景总堪悲。待向中宵起舞[4]，无人处、那有林鸡？只应是，金笳暗拍[5]，一样泪沾衣。　　须知今古事，棋枰胜负[6]，翻覆如斯。叹纷纷蛮触[7]，回首成非。剩得几行青史[8]，斜阳下、断碣残碑。年华共，混同江水[9]，流去几时回？

注释

①堠：古代边塞了望敌情的土堡。翻鸦：乌鸦翻飞而起。②龙堆：见《南歌子》（古戍饥乌集）注③。　③阴磷：即阴火、磷火之类，俗称鬼火。　④中宵起舞：《晋书·祖逖传》："（祖逖）与司空刘琨俱为司州主簿，情好绸缪，共被同寝。中夜闻荒

鸡鸣，蹴琨觉曰：‘此非恶声也。’因起舞。” ⑤金笳：见《南歌子》（古戍饥乌集）注⑤。暗拍：黑夜中河水的拍击声。⑥棋枰：即棋盘。 ⑦蛮触：庄子寓言中的小国。《庄子·则阳》：“有国于蜗之左角者，曰触氏；有国于蜗之右角者，曰蛮氏。时相与争地而战，伏尸数万。” ⑧青史：古代以竹简纪事，竹简青色，故称史籍为青史。 ⑨混同江：即松花江。

忆王孙

暗怜双缧郁金香[①]。欲梦天涯思转长。几夜东风昨夜霜。减容光。莫为繁花又断肠。

注释

①缧（xiè）：袜子。郁金香：袜子上绣的郁金香花。

忆王孙

西风一夜剪芭蕉[①]。满眼芳菲总寂寥[②]。强把心情付浊醪[③]。读离骚。洗尽秋江日夜潮。

注释

①“西风”句：谓一夜秋风刮过，便将芭蕉叶吹开了。②芳菲：花香。 ③浊醪：即浊酒。古人酿米作酒，呈乳色，似浑浊。

忆王孙

刺桐花下是儿家[1]。已拆秋千未采茶。睡起重寻好梦赊[2]。忆交加。倚著闲窗数落花。

注释

①刺桐：树名。儿：古代青年女子自称。 ②赊：渺茫。

卜算子

塞 梦

塞草晚才青，日落箫笳动[1]。戚戚凄凄入夜分[2]，催度星前梦。 小语绿杨烟，怯踏银河冻[3]。行尽关山到白狼[4]，相见惟珍重。

注释

①箫笳：箫和胡笳。汉李陵《答苏武书》："胡笳互动，牧马悲鸣。" ②戚戚凄凄：宋李清照《声声慢》词："寻寻觅觅，冷冷清清，凄凄惨惨戚戚。"夜分：夜半。 ③银河冻：结冰的河。④白狼：白狼河，即今大凌河。

卜算子

五　日[①]

村静午鸡啼，绿暗新阴覆。一展轻帘出画墙[②]，道是端阳酒[③]。　　早晚夕阳蝉，又噪长堤柳。青鬓长青自古谁[④]，弹指黄花九[⑤]。

注释

①五日：农历五月初五，端午节。　②帘：酒帘，酒家所用的招子。　③端阳酒：旧时有端阳节饮酒辟邪的习俗，所饮之酒为菖蒲酒、艾酒或雄黄酒。　④“青鬓”句：唐韩琮《春愁》诗：“金乌长飞玉兔走，青鬓长青古无有。”　⑤弹指：弹指间，指时间短暂。黄花九：农历九月初九，重阳节。黄花：菊花。

卜算子

咏　柳

娇软不胜垂，瘦怯那禁舞[①]。多事年年二月风，剪出鹅黄缕[②]。　　一种可怜生[③]，落日和烟雨。苏小门前长短条[④]，即渐迷行处。

注释

①那禁：怎经受得住。　②“多事”二句：唐贺知章《咏柳》诗：“不知细叶谁裁出，二月春风似剪刀。”鹅黄：状新柳之色。　③一种：一样、同样。可怜生：犹可怜、可爱。生，语助

词，无意。 ④苏小：即苏小小，钱塘名妓。一说为南朝齐人，一说为南宋人。

金人捧露盘

净业寺观莲，有怀荪友[①]

藕风轻，莲露冷，断虹收。正红窗初上帘钩。田田翠盖[②]，趁斜阳鱼浪香浮。此时画阁垂杨岸，睡起梳头。 旧游踪，招提路[③]，重到处，满离忧。想芙蓉湖上悠悠[④]。红衣狼籍[⑤]，卧看桃叶送兰舟[⑥]。午风吹断江南梦，梦里菱讴[⑦]。

注释

①净业寺：在北京市区西北。荪友：严绳孙。 ②田田：叶子浮在水面上的样子。翠盖：荷叶。 ③招提：寺院的别称。 ④芙蓉湖：一名上湖、射贵湖，在无锡西北。严绳孙家无锡，故词中言及。 ⑤红衣：荷花。 ⑥兰舟：船的美称。 ⑦菱讴：采菱歌谣。

青玉案

人 日[①]

东风七日蚕芽软[②]，青一缕、休教剪。梦隔湘烟征雁远[③]。那堪又是，鬓丝吹绿，小胜宜春颤[④]。 绣屏浑不遮愁断，忽忽年华空冷暖。玉骨几随花骨换[⑤]。三春醉里，三秋别后，寂寞钗头燕[⑥]。

注释

①人日：农历正月初七日。 ②蚕芽：桑叶的嫩芽。 ③“梦隔”句：湖南衡阳有回雁峰，相传北雁南飞至此即止，次年春自此北回。 ④小胜宜春：即宜春胜，妇女的一种头饰。 ⑤玉骨：指人。 ⑥钗头燕：燕形的钗。

青玉案

宿乌龙江[1]

东风卷地飘榆荚[1]，才过了、连天雪。料得香闺香正彻[3]。那知此夜，乌龙江畔，独对初三月。 多情不是偏多别，别为多情设。蝶梦百花花梦蝶[4]。几时相见，西窗剪烛[5]，细把而今说。

注释

①乌龙江：即黑龙江。 ②榆荚：榆树的果实。 ③香正彻：谓檀香已快燃尽。 ④“蝶梦”句：化用《庄子·齐物论》“不知周之梦为蝴蝶与，蝴蝶之梦为周与”之典。此喻指与妻子彼此思念，犹如恍惚迷离的梦境。 ⑤西窗剪烛：李商隐《夜雨寄北》诗：“何当共剪西窗烛，却话巴山夜雨时。”

月上海棠

中元塞外[1]

原头野火烧残碣[2]，叹英魂才魄暗销歇[3]。终古江山，问东风几番凉热。惊心事，又到中元时节。 凄凉况是愁中别，枉沉吟千里共明月[4]。露冷鸳鸯，最难忘满池荷叶。青鸾杳[5]，碧天云海音绝。

注释

①中元：农历七月十五日为中元节。　②残碣：残碑。宋刘克庄《长相思》词：“烟凄凄，草凄凄，野火原头烧断碑，不知名姓谁。”　③“叹英魂”句：韩偓《金陵》诗：“自古风流皆暗销，才魄妖魂谁与招。”　④“枉沉吟”句：南朝宋谢庄《月赋》：“美人迈兮音尘绝，隔千里兮共明月。”　⑤青鸾：即青鸟，此指信使。

雨霖铃

种　柳

横塘如练[1]。日迟帘幕[2]，烟丝斜卷。却从何处移得，章台仿佛[3]，乍舒娇眼[4]。恰带一痕残照，锁黄昏庭院。断肠处、又惹相思，碧雾濛濛度双燕。　回阑恰就轻阴转[5]。背风花、不解春深浅[6]。托根幸自天上[7]，曾试把、霓裳舞遍[8]。百尺垂垂，早是酒醒，莺语如剪[9]。只休隔、梦里红楼，望个人儿见。

注释

①横塘：江南水乡常见地名。　②日迟：阳光和舒。　③章台：汉时长安城中街名。街有柳，唐代称章台柳。　④娇眼：新生的细长的柳叶就像人刚睁开的睡眼。宋苏轼《水龙吟·次韵章质夫杨花》词：“萦损柔肠，困酣娇眼，欲开还闭。”　⑤回阑：曲折的栏杆。　⑥风花：起风前出现的烟雾。　⑦“托根”句：

古天文学，二十八宿中有柳宿，故诗人咏柳往往与天上的柳星联系起来。⑧霓裳：《霓裳羽衣曲》的简称。⑨“百尺”三句：李白《侍从宜春苑奉诏赋龙池柳色初青听新莺百啭歌》：“池南柳色半青青，萦烟袅娜拂绮城。垂丝百尺挂雕楹，上有好鸟相和鸣。”宋卢祖皋《清平乐》词：“柳边深院，燕语明如剪。”

满江红

茅屋新成，却赋①

问我何心，却构此、三楹茅屋②？可学得、海鸥无事③，闲飞闲宿。百感都随流水去，一身还被浮名束。误东风、迟日杏花天④，红牙曲⑤。　尘土梦，蕉中鹿⑥。翻覆手，看棋局⑦。且耽闲殢酒⑧，消他薄福⑨。雪后谁遮檐角翠，雨余好种墙阴绿。有些些、欲说向寒宵⑩，西窗烛。

注释

①却赋：再赋。②三楹：三列。③海鸥无事：古人每用与海鸥为伴表示闲逸或隐居。④迟日：春日。⑤红牙曲：谓拍击着红牙板歌唱。红牙，檀木做的拍板，色红，故称红牙板或红牙拍。⑥“尘土”二句：形容世事似梦非梦，真伪难辨。《列子·周穆王》载，郑国人击毙一鹿，怕人看见，用蕉叶遮盖，不久便忘了所藏之地，以为自己不过是做了一场梦。顺途说其事，傍人闻之，用其言而得鹿。回家告诉他的妻子说：郑人梦得鹿而不知所藏之处，我得到了，看来他的梦是真的。⑦“翻覆”二句：谓世事反复无常，好比棋局的输赢不定。⑧耽闲：乐得消闲。殢（tì）酒：纵酒。⑨消：享受。⑩些些：方言，

少量、一点点之意。

满江红

代北燕南[①]，应不隔、月明千里。谁相念、胭脂山下[②]，悲哉秋气[③]。小立乍惊清露湿，孤眠最惜浓香腻。况夜乌、啼绝四更头，边声起[④]。　销不尽，悲歌意。匀不尽[⑤]，相思泪。想故园今夜，玉阑谁倚。青海不来如意梦[⑥]，红笺暂写违心字[⑦]。道别来、浑是不关心[⑧]，东堂桂[⑨]。

注释

①代北燕南：泛指山西、河北一带。代，山西。燕，河北。②胭脂山：即燕支山，在今甘肃境内。　③悲哉秋气：宋玉《九辨》："悲哉，秋之为气也。"　④边声：指边境上羌管、胡笳、号角、人马等诸多声响。　⑤匀：抹。　⑥青海：泛指边地。⑦红笺：彩色信纸，多用以题写诗词或写情书等。　⑧浑是：全是。　⑨东堂桂：以家中某一具体事物概指其余。

满江红

为问封姨[①]，何事却、排空卷地。又不是、江南春好，妒花天气[②]。叶尽归鸦栖未得，带垂惊燕飘还起[③]。甚天公、不肯惜愁人，添憔悴[④]。　搅一霎，灯前睡。听半晌，心如醉。倩碧纱遮断，画屏深翠[⑤]。只影凄清残烛下，离魂飘渺秋空里。总随他、泊粉与飘香[⑥]，真无谓。

注释

①封姨：传说中的风神。 ②妒花天气：谓春天天气突然变坏是由于妒忌花的缘故。 ③惊燕：画轴装裱后附上的两个纸条，像飘带随风摆动，以惊走飞燕，免其污损字画。 ④“甚天公”两句：元王实甫《西厢记》：“这忧愁诉与谁，相思只自知，老天不管人憔悴。”为什么。 ⑤倩：请。碧纱：碧纱窗。⑥泊粉、飘香：指飘零的落花。

诉衷情

冷落绣衾谁与伴[1]？倚香篝[2]。春睡起，斜日照梳头。欲写两眉愁[3]，休休[4]。远山残翠收。莫登楼。

注释

①绣衾（qīn）：绣花被。 ②香篝：熏笼，古代室内焚香所用的器具。 ③写：画眉。 ④休休：罢了罢了。

水调歌头

题西山秋爽图[1]

空山梵呗静[2]，水月影俱沉。悠然一境人外，都不许尘侵。岁晚忆曾游处，犹记半竿斜照，一抹界疏林[3]。绝顶茅庵里，老衲正孤吟[4]。 云中锡[5]，溪头钓，涧边琴。此生著几两屐[6]，谁识卧游心[7]。准拟乘风归去[8]，错向槐安回首[9]，何日得投簪[10]。布袜青鞋约[11]，但向画图寻。

注释

①西山：在北京西郊。　②梵呗：佛教徒作法事时的歌咏颂赞之声。　③界疏林：连接着稀疏的树林。　④老衲：老和尚。⑤锡：锡丈，亦称禅杖，此作动词用。　⑥几两屐：即几双鞋子。屐，木屐，底部有齿，登山时用。　⑦卧游：观赏山水画以代游览。　⑧乘风归去：谓脱离宦海尘世。苏轼《水调歌头》："我欲乘风归去，又恐琼楼玉宇，高处不胜寒。"　⑨槐安：即槐安国、南柯梦。事见唐李公佐《南柯太守传》。后以此典喻人生如梦，富贵无常。　⑩投簪：比喻弃官。　⑪布袜青鞋：指平民百姓的装束。

水调歌头

题岳阳楼图①

落日与湖水②，终古岳阳楼。登临半是迁客③，历历数题名。欲问遗踪何处，但见微波木叶④，几簇打鱼罾⑤。多少别离恨，哀雁下前汀⑥。　忽宜雨，旋宜月，更宜晴⑦。人间无数金碧⑧，未许著空明⑨。淡墨生绡谱就⑩，待倩横拖一笔，带出九疑青⑪。仿佛潇湘夜，鼓瑟旧精灵⑫。

注释

①岳阳楼：在湖南省岳阳市，始建于唐代，下临洞庭湖，为风景名胜，多有文人题咏。　②湖水：指洞庭湖。　③"登临"句：唐宋时贬谪往南方的官员多经过岳阳。宋范仲淹《岳阳楼记》："北通巫峡，南极潇湘，迁客骚人，多会于此。"迁客：贬谪在外的人。　④微波木叶：屈原《九歌·湘夫人》："袅袅兮秋

风，洞庭波兮木叶下。”　⑤罾（zēng）：鱼网。　⑥汀（tīng）：水边平滩。　⑦“忽宜”三句：宋陈与义《菩萨蛮》词：“南轩面对芙蓉浦，宜风宜月还宜雨。”　⑧金碧：金碧重彩画，见前《梦江南》（江南好，一片妙高云）注③。　⑨未许：未如此。空明：空旷澄澈。　⑩生绡：没有漂煮过的丝织品，可用来作画。谱：这里指作画。　⑪九疑：亦作“九嶷”，九嶷山，在湖南宁远县南。　⑫鼓瑟旧精灵：指舜的妃子，湘夫人。见前《满庭芳·题元人芦洲聚雁图》注⑩。

天仙子

渌水亭秋夜[①]

水浴凉蟾风入袂[②]，鱼鳞蹙损金波碎[③]。好天良夜酒盈尊，心自醉，愁难睡。西南月落城乌起[④]。

注释

①渌水亭：作者家中园亭名。　②水浴凉蟾：形容月亮从水中升起。蟾，蟾蜍。古时传说月亮里有蟾蜍，所以称月亮为蟾蜍或蟾宫、蟾光等。　③鱼鳞：形容被微风吹动的呈鱼鳞状的波纹。金波：指水中的月光。　④西南月落：月亮向西南落下。城乌：城楼上的乌鸦。此句谓天将亮。

天仙子

梦里蘼芜青一剪[①]，玉郎经岁音书远[②]。暗钟明月不归来[③]，梁上燕，轻罗扇[④]。好风又落桃花片。

注释

①蘼芜：一种香草，夏天开白色五瓣的小花。《玉台新咏·古诗》："上山采蘼芜，下山逢故夫。"一剪：形容一片蘼芜齐整整似剪刀剪过的。 ②玉郎：古时女子对丈夫或情人的爱称。经岁：即经年，过了一年。 ③暗钟：即晚钟、暮钟。古代黄昏时，寺庙或钟楼都要敲钟报时。 ④轻罗扇：用质地较薄的丝织品所制做的扇子。轻罗，薄纱。

天仙子

好在软绡红泪积[①]，漏痕斜罥菱丝碧[②]。古钗封寄玉关秋[③]，天咫尺，人南北。不信鸳鸯头不白。

注释

①好在：依旧。软绡：柔软轻薄的丝织品。红泪：悲伤的眼泪。 ②漏痕：屋漏痕，毛笔草书技法，行笔顿挫如屋漏蜿蜒下注。罥（juàn）：挂。菱丝碧：像菱蔓一样碧绿的绢帛。这句说女子作书寄远。 ③古钗：古钗脚，亦为草书技法，笔画挺直像钗脚。玉关：玉门关，代指遥远的征戍之地。

浪淘沙

紫玉拨寒灰[①]，心字全非[②]。疏帘犹是隔年垂。半卷夕阳红雨入[③]，燕子来时。 回首碧云西，多少心期[④]。短长亭外短长堤[⑤]。百尺游丝千里梦[⑥]，无限凄迷。

注释

①紫玉：紫玉钗。 ②心字：心字香，古人将香做成心字形。 ③红雨：比喻落花。 ④心期：心愿。 ⑤“短长”句：宋谭宣子《江城子》词：“短长亭外短长桥。” ⑥游丝：飘荡的蛛丝。唐李商隐《日日》诗：“几时心绪浑无事，得及游丝百尺长。”

浪淘沙

野店近荒城，砧杵无声[①]。月低霜重莫闲行[②]。过尽征鸿书未寄[③]，梦又难凭。 身世等浮萍，病为愁成。寒宵一片枕前冰[④]。料得绮窗孤睡觉[⑤]，一倍关情[⑥]。

注释

①砧杵：捣衣石与棒槌。古时每到深秋，家人往往为征夫赶制寒衣以御冬，故砧杵之声寓有征人思妇之怨。 ②闲行：犹言微行、闲步。 ③征鸿：远飞的大雁。 ④枕前冰：形容枕边一片冰冷凄清。 ⑤绮窗：雕刻有花纹图案的窗户。此代指思妇。⑥一倍：更加、加倍。

浪淘沙

望 海

蜃阙半模糊[①]，踏浪惊呼。任将蠡测笑江湖[②]。沐日光华还浴月，我欲乘桴[③]。 钓得六鳌无[④]，竿拂珊瑚[⑤]。桑田清浅问麻姑[⑥]。水气浮天天接水，那是蓬壶[⑦]？

注释

①蜃（shèn）阙：海市蜃楼。 ②蠡（lí）测：“以蠡测海”的略语，比喻以浅见揣度。 ③桴：木筏。《论语·公冶长》：“子曰：‘道不行，乘桴浮于海。’” ④六鳌（áo）：据《列子·汤问》记载，海上有五座仙山，由十五只巨鳌支撑着，后来龙伯国的巨人钓去了六只。鳌：传说中海里的大龟或大鳖。 ⑤竿拂珊瑚：杜甫《送孔巢父谢病归游江东兼呈李白》诗：“诗卷长留天地间，钓竿欲拂珊瑚树。” ⑥“桑田”句：据晋葛洪《神仙传》，麻姑自谓曾三见大海变为陆地，如今蓬莱山那里的海水又清浅了，难道大海又要变为桑田了吗？桑田：陆地。麻姑：仙女。这句说要想知道沧海桑田的巨变，只有去问麻姑。 ⑦蓬壶：即蓬莱，传说中的海上仙山。

浪淘沙

夜雨做成秋，恰上心头①。教他珍重护风流。端的为谁添病也，更为谁羞②。　　密意未曾休，密愿难酬。珠帘四卷月当楼。暗忆欢期真似梦，梦也须留。

注释

①“夜雨”两句：用宋吴文英《唐多令》词“何处合成愁，离人心上秋”句意，“秋”上“心”头即成“愁”字，谓夜雨使人生愁。 ②“端的”两句：唐元稹《莺莺传》引崔莺莺诗：“不为旁人羞不起，为郎憔悴却羞郎。”端的：口语，真的。

浪淘沙

红影湿幽窗，瘦尽春光[①]。雨余花外却斜阳[②]。谁见薄衫低髻子[③]，抱膝思量。　　莫道不凄凉，早近持觞[④]。暗思何事断人肠。曾是向他春梦里，瞥遇回廊[⑤]。

注释

①瘦尽：以人之清瘦喻指春之将尽。　②雨余：雨后。　③低髻子：指低垂着头。髻子，发髻。　④持觞：端着酒杯。　⑤回廊：曲折的廊子。作者诗词中经常提及在此有一段恋情，当为家中某地。

浪淘沙

眉谱待全删[①]，别画秋山[②]。朝云渐入有无间[③]。莫笑生涯浑似梦[④]，好梦原难。　　红咮啄花残[⑤]，独自凭阑。月斜风起夹衣单。消受春风都一例，若个偏寒[⑥]。

注释

①眉谱：女子画眉的图样。全删：全不用。　②秋山：喻女子的眉毛。　③朝云：指巫山神女。宋玉《高唐赋》谓楚王曾在梦中与巫山神女行云雨之事，神女自言“旦为行云，暮为行雨”。这句是说梦中之人渐渐模糊，梦醒了。　④“莫笑”句：唐李商隐《无题》诗：“神女生涯原是梦，小姑居处本无郎。”　⑤咮(zhòu)：鸟嘴。红咮通常指鹦鹉。　⑥若个：哪个。

浪淘沙

闷自剔残灯，暗雨空庭。潇潇已是不堪听[①]。那更西风偏著意，做尽秋声[②]。　　城柝已三更[③]，欲睡还醒。薄寒中夜掩银屏[④]。曾染戒香消俗念[⑤]，莫又多情。

注释

①潇潇：很急的风雨声。　②秋声：秋天草木零落，多肃杀之声，称秋声。　③城柝（tuò）：城上的打更声。柝：古代巡夜报更用的木梆子。　④薄寒：逼人的寒气。银屏：银饰的屏风。⑤戒香：佛家说戒时熏点的香。唐司空图《为东都敬爱寺讲律僧惠确化募雕刻律疏》："启秘藏而演毗尼，熏戒香以消烦恼。"

浪淘沙

双燕又飞还，好景阑珊[①]。东风那惜小眉弯[②]。芳草绿波吹不尽，只隔遥山。　　花雨忆前番[③]，粉泪偷弹。倚楼谁与话春闲。数到今朝三月二[④]，梦见犹难。

注释

①阑珊：衰落，将尽。　②小眉弯：指眉头紧皱。　③花雨：落花如雨。　④三月二：古代上巳节，人们于是日游春，到水边洗濯、饮酒、欢聚以辟邪驱祸。

浪淘沙

清镜上朝云，宿篆犹薰[①]。一春双袂尽啼痕[②]。那更夜来山枕侧[③]，又梦归人。　　花底病中身，懒约溅裙[④]。待寻闲事度佳辰。绣榻重开添几线，旧谱翻新[⑤]。

注释

①宿篆：夜里点燃的篆香。　②袂（mèi）：袖子。顾敻《虞美人》词："画罗红袂有啼痕。"　③山枕：枕头。　④溅裙：代指女子，见前《浣溪沙》（五月江南麦已稀）注③。　⑤谱：刺绣的图谱。

南楼令

金液镇心惊[①]，烟丝似不胜[②]。沁鲛绡、湘竹无声[③]。不为香桃怜瘦骨[④]，怕容易、减红情[⑤]。　　将息报飞琼[⑥]，蛮笺署小名[⑦]。鉴凄凉、片月三星[⑧]。待寄芙蓉心上露，且道是、解朝酲[⑨]。

注释

①金液：古代方士所炼丹液，谓服之可成仙，这里指治病的药。宋赵彦端《谒金门》词："怎得酒阑心易定，试将金液镇。"明王次回《述妇病怀》诗："难凭银药镇心惊，侍女床前不敢行。"　②烟丝：柳丝。这句形容病人体质如柳丝弱不禁风。③鲛绡：丝织手帕。湘竹：又叫湘妃竹、斑竹，上有斑痕，传说是湘夫人（舜的两个妃子）的泪滴。这句说病人无声拭泪。

④香桃：仙境里的桃树。瘦骨：桃树上无桃可摘。唐李商隐《海上谣》诗："海底觅仙人，香桃如瘦骨。" ⑤红情：指女子娇艳的容颜。 ⑥将息：调养，休息。飞琼：参前《采桑子》（彤云久绝飞琼字）注①。 ⑦蛮笺：蜀地产彩色笺纸，这里指书信。⑧片月三星：即"心"字，因其形中卧钩如残月，三点如三星。宋秦观《南歌子》词："天外一钩残月，带三星。"以上三句谓给病人寄去的书信上署了自己的小名，表明自己凄凉的心意。⑨"待寄"句：宋吴文英《齐天乐·白酒自酌有感》词："芙蓉心上三更露，茸香漱泉玉井。"朝酲（chéng）：昨夜酒醉至次晨仍然昏沉，这里指病人头晕。据五代王仁裕《开元天宝遗事》记载，杨贵妃在宿酒初消后，曾吸花露以润肺。

南楼令

塞外重九

古木向人秋，惊蓬掠鬓稠[①]。是重阳、何处堪愁？记得当年惆怅事，正风雨，下南楼。　　断梦几能留，香魂一哭休[②]。怪凉蟾、空满衾裯[③]。霜落乌啼浑不睡[④]，偏想出、旧风流。

注释

①惊蓬：杂乱的蓬草，这里指头发蓬乱。 ②"香魂"句：唐温庭筠《过华清宫二十二韵》诗："艳笑双飞断，香魂一哭休。" ③凉蟾：指月光。衾（qīn）裯（chóu）：床帐被褥。④"霜落"句：唐张继《枫桥夜泊》诗："月落乌啼霜满天，江枫渔火对愁眠。"

生查子

短焰剔残花[①]，夜久边声寂[②]。倦舞却闻鸡[③]，暗觉青绫湿[④]。　天水接冥濛[⑤]，一角西南白。欲渡浣花溪[⑥]，梦远轻无力。

注释

①短焰：指蜡烛的火焰已短。残花：指残存的烛花。烛心燃烧后结成穗状物叫烛花，烛燃越久，烛花越高，需将残存的烛花剔去，即剪烛。　②边声：指边境之地的人喊马嘶及鼓乐号角声。　③“倦舞”句：晋朝祖逖与刘琨同为小官时，曾于半夜闻鸡起舞。此句谓倦于“起舞”，偏又“闻鸡”。　④青绫：即青绫被，青色薄布缝制成的被子。　⑤冥濛：幽暗不明。　⑥浣花溪：在成都市西郊，为锦江支流，杜甫曾于溪旁筑草堂而居。此借指自己的家。

生查子

惆怅彩云飞，碧落知何许[①]。不见合欢花，空倚相思树[②]。
总是别时情，那得分明语。判得最长宵[③]，数尽厌厌雨[④]。

注释

①碧落：青天。何许：何处。　②“不见”两句：取“合欢”“相思”的字面意思。合欢花：一名马缨花，淡红色，形如马缨。相思树：据晋干宝《搜神记》卷十一记载，战国时韩凭夫妇死后分葬，有大梓木生于两坟间，枝叶相交，又有鸳鸯久栖于

树上，其声哀苦，时人称其树为相思树。参后《减字木兰花》（花丛冷眼）注⑤。 ③判得：心甘情愿地。 ④厌厌雨：连绵不断的雨。

生查子

东风不解愁，偷展湘裙衩[①]。独夜背纱笼[②]，影著纤腰画。

爇尽水沉烟[③]，露滴鸳鸯瓦[④]。花骨冷宜香[⑤]，小立樱桃下。

注释

①湘裙：湖绿色的裙子。 ②纱笼：灯笼。 ③爇（ruò）：燃烧。水沉：沉香。 ④鸳鸯瓦：成双成对的瓦。 ⑤花骨：花枝。

生查子

鞭影落春堤，绿锦障泥卷[①]。脉脉逗菱丝[②]，嫩水吴姬眼[③]。 啮膝带香归[④]，谁整樱桃宴[⑤]。蜡泪恼东风，旧垒眠新燕[⑥]。

注释

①障泥：马鞯，坠在马鞍下，在马背两侧下垂以挡泥土的马具。 ②脉脉：形容含情的目光。菱丝：菱蔓。 ③嫩水：嫩绿的春水。吴姬：吴地的女子。这两句谓骑马出游得到吴地女子的注视，其眼光脉脉含情，像菱蔓那样牵惹人。 ④啮膝：良马，低头口可至膝。带香归，用“踏花归去马蹄香”意。 ⑤整：准备。樱

桃宴：庆贺进士及第的宴会。这两句谓得吴姬一顾，樱桃宴又算得了什么呢？ ⑥旧垒：旧巢。此句谓见新燕双栖而自伤孤独。

生查子

散帙坐凝尘[①]，吹气幽兰并[②]。茶名龙凤团[③]，香字鸳鸯饼[④]。　　玉局类弹棋[⑤]，颠倒双栖影[⑥]。花月不曾闲，莫放相思醒。

注释

①散帙：随意散放的书卷。 ②“吹气”句：意谓女子气息如兰。 ③龙凤团：最上等的茶，是宋代贡品茶。 ④鸳鸯饼：上有鸳鸯图案的香料饼。 ⑤玉局：棋盘的美称。弹棋：汉魏时兴起的一种弈棋游戏，两人对局，黑白棋各六枚，后改为十六枚、二十四枚。类：模拟，一个人模拟两个人对弈。 ⑥“颠倒”句：树上双栖鸟儿的倒影映在棋盘上（衬出人的孤单）。

忆桃源慢

斜倚熏笼[①]，隔帘寒彻，彻夜寒于水。离魂何处，一片月明千里。两地凄凉多少恨，分付药炉烟细[②]。近来情绪，非关病酒[③]，如何拥鼻长如醉[④]。转寻思、不如睡也，看道夜深怎睡[⑤]。　　几年消息浮沉[⑥]，把朱颜顿成憔悴。纸窗风裂，寒到个人衾被[⑦]。篆字香消灯灺冷[⑧]，忽听塞鸿嘹唳[⑨]。加餐千力，寄声珍重，而今始会当时意。早催人、一更更漏，残雪月华满地。

注释

①熏笼：罩在熏炉上的笼子，用来熏香或烘干。唐白居易《后宫词》："红颜未老恩先断，斜倚熏笼坐到明。" ②分付：交给。 ③"非关"句：宋李清照《凤凰台上忆吹箫》词："新来瘦，非干病酒，不是悲秋。" ④拥鼻：掩鼻吟的省称。据《晋书·谢安传》，谢安因有鼻疾，故音浊，有人掩鼻学其吟咏。后以掩鼻吟指用雅音曼声吟咏。 ⑤看道：估量，料想。 ⑥消息浮沉：指消息隔绝。据《世说新语·任诞》，有人托殷羡带信，他把信全部投入水中，让其沉者自沉，浮者自浮。 ⑦个人：那人。 ⑧篆字香：篆字形的香。灺（xiè）：灯烛的余烬。 ⑨嘹唳（lì）：响亮凄清的声音。

青衫湿遍①

悼亡

青衫湿遍②，凭伊慰我，忍便相忘。半月前头扶病③，剪刀声、犹在银釭④。忆生来、小胆怯空房⑤。到而今、独伴梨花影，冷冥冥、尽意凄凉。愿指魂兮识路，教寻梦也回廊。

咫尺玉钩斜路⑥，一般消受，蔓草残阳。判把长眠滴醒⑦，和清泪、搅入椒浆⑧。怕幽泉、还我为神伤⑨。道书生、薄命宜将息⑩，再休耽、怨粉愁香⑪。料得重圆密誓，难禁寸裂柔肠。

注释

①青衫湿遍：词谱不载此调，当是作者自制的新曲。 ②青衫湿：白居易《琵琶行》："座中泣下谁最多，江州司马青衫湿。"

③扶病：带病做事。作者前妻卢氏卒于康熙十六年（1677）五月三十日，此谓“半月前头扶病”，故词当作于卢氏卒后不久。④银缸：银灯。灯台多用银制，故称。⑤“小胆”句：唐代常理《古别离》诗：“小胆空房怯，长眉满镜愁。”⑥玉钩斜：隋代埋葬宫妇的坟墓，在江苏扬州西。此指亡妻的坟墓。⑦判：同“拚”，甘愿。长眠：指亡妻已死。⑧椒浆：即椒酒。以椒浸制的酒浆，多用以祭祀。⑨幽泉：墓穴。⑩将息：保重、调养。⑪怨粉愁香：喻指与亡妻间的恩怨情感。粉、香：代指女人。

酒泉子

谢却荼蘼[①]，一片月明如水。篆香消[②]，犹未睡，早鸦啼。

嫩寒无赖罗衣薄[③]，休傍阑干角[④]。最愁人，灯欲落，雁还飞。

注释

①荼蘼（túmí）：花名，茎上有刺，花白色。②篆香：盘香，形如篆字。③嫩寒：微寒。无赖：无奈。④“休傍”句：宋张先《醉落魄》词：“朱唇浅破桃花萼，倚楼人在阑干角。夜寒手冷罗衣薄。”宋张元干《楼上曲》词：“明朝不忍见云山，从今休傍曲阑干。”

凤凰台上忆吹箫

守　岁[1]

锦瑟何年[2]，香屏此夕，东风吹送相思。记巡檐笑罢，共捻梅枝[3]。还向烛花影里，催教看、燕蜡鸡丝[4]。如今但、一编消夜[5]，冷暖谁知。　当时。欢娱见惯，道岁岁琼筵[6]，玉漏如斯[7]。怅难寻旧约，枉费新词。次第朱幡剪彩[8]，冠儿侧、斗转蛾儿[9]。重验取，卢郎青鬓[10]，未觉春迟。

注释

①守岁：农历除夕，家人围坐，整夜不睡以辞旧岁迎新岁，谓之守岁。　②锦瑟：瑟的美称。唐李商隐《锦瑟》诗："锦瑟无端五十弦，一弦一柱思华年。"后以"锦瑟华年"比喻美好的青春时光。此句谓那美好的青春时光何年再有啊。　③巡檐：在檐下来回查看。杜甫《舍弟观赴蓝田取妻子到江陵喜寄》诗："巡檐索共梅花笑，冷蕊疏枝半不禁。"　④燕蜡鸡丝：宋元时正月元旦洛阳人家所做的食品。　⑤一编消夜：用一卷书打发夜间时光。　⑥琼筵：盛宴。　⑦玉漏：玉制漏器，古计时器。⑧次第：依次地。朱幡：立春日做的红色小旗。剪彩：裁剪彩纸或彩带。　⑨斗转：旋转，乱转。蛾儿：妇女头饰。宋康与之《瑞鹤仙·上元应制》词："闹蛾儿满路，成团打块，簇着冠儿斗转。"　⑩卢郎：唐代一卢姓男子老来娶妻，其妻怨其年迈官卑，作诗道："不怨卢郎年纪大，不怨卢郎官职卑。自恨妾身生较晚，不见卢郎年少时。"这里以卢郎自比，谓自己仍然青春年少。

凤凰台上忆吹箫

除夕得梁汾闽中信，因赋

荔粉初装[①]，桃符欲换[②]，怀人拟赋然脂[③]。喜螺江双鲤，忽展新词[④]。稠叠频年离恨，匆匆里、一纸难题。分明见、临缄重发[⑤]，欲寄迟迟。　　心知。梅花佳句[⑥]，待粉郎香令[⑦]，再结相思[⑧]。记画屏今夕，曾共题诗。独客料应无睡，慈恩梦、那值微之[⑨]。重来日、梧桐夜雨，却话秋池[⑩]。

注释

①荔粉：宋元时洛阳人家在元旦用粉做的荔枝，用以迎新年。　②桃符：旧时挂在门上以驱鬼辟邪的绘有门神的桃木板，后演变为春联。　③然脂：点燃灯烛。　④螺江：一名螺女江，在福建省福州市西北。双鲤：代指书信。这两句说很高兴收到来自福建的友人的书信。　⑤临缄重发：书信封好要寄出之前又拆开重写。唐张籍《秋思》诗："复恐匆匆说不尽，行人临发又开封。"　⑥梅花佳句：顾贞观《浣溪沙·梅》词："一片冷香惟有梦，十分清瘦更无诗，待他移影说相思。"　⑦粉郎：三国何晏，面白如傅粉，人称粉郎。香令：三国荀彧，怀有异香，人称香令。这里代指顾贞观。　⑧再结相思：辛弃疾《定风波·三山送卢国华提刑约上元重来》词中有"极目南云无过雁，君看，梅花也解寄相思"句（作者原注："辛稼轩客三山，有梅花相思之句"），而顾贞观词中亦有梅花相思字句，故云"再结"。　⑨独客：指顾贞观。"慈恩梦"：用唐白居易、元稹（字微之）事。据孟棨《本事诗》，白居易在京城与人游慈恩寺，有诗寄元稹，诗

中有“忽忆故人天际去，计程今日到梁州”句，而元稹此时果如其言到了梁州。元稹亦有梦游诗寄白居易，诗中有“梦君兄弟曲江头，也到慈恩院里游”句。二人不在一起而都言中了对方的情况，似乎心灵相通。这句谓顾贞观独在闽中，此时正辗转无眠，他的梦当然比不上元稹的梦了。 ⑩“重来日”句：唐李商隐《夜雨寄北》诗：“君问归期未有期，巴山夜雨涨秋池。何当共剪西窗烛，却话巴山夜雨时。”

剪梧桐

自度曲

新睡觉[①]，听漏尽、乌啼欲晓。任百种思量，都来拥枕，薄衾颠倒[②]。土木形骸[③]，分甘抛掷[④]，只平白、占伊怀抱。听萧萧、一剪梧桐，此日秋声重到。 若不是、忧能伤人[⑤]，怎青镜、朱颜易老。忆少日清狂，花间马上，软风斜照。端的而今[⑥]，误因疏起[⑦]，却懊恼、殢人年少[⑧]。料应他、此际闲眠，一样积愁难扫。

注释

①新睡觉：刚刚睡醒。 ②颠倒：辗转反侧，不能成眠。 ③土木形骸：指形体像土木一样自然本色，不加修饰，《晋书·嵇康传》谓嵇康“土木形骸，不自藻饰”。 ④分（fèn）：该，应当。 ⑤忧能伤人：汉孔融《论盛孝章书》：“若能使忧能伤人，此子不得永年矣。” ⑥端的：真的。 ⑦误因疏起：宋蒋捷《满江红》词：“万误曾因疏处起，一闲且向贫中觅。” ⑧殢（tì）：困扰，纠缠。

集外词

渔　父

收却纶竿落照红，秋风宁为剪芙蓉[①]。人淡淡，水濛濛，吹入芦花短笛中。

注释

①芙蓉：荷花的别称。

望江南

咏弦月

初八月[①]，半镜上青霄[②]。斜倚画阑娇不语，暗移梅影过红桥。裙带北风飘[③]。

注释

①初八月：上弦月。　②半镜：月亮像半个镜子。梁简文帝《大同哀辞》："月半镜而开河，云罗柱而下岫。"　③"裙带"句：唐李端《拜新月》诗："开帘见新月，便即下阶拜。细语人不闻，北风吹裙带。"

望江南

江南忆，鸾辂此经过[①]。一掬胭脂沉碧甃[②]，四围亭壁幛红罗[③]，消息暑风多[④]。

注释

①鸾辂（lù）：天子的车驾。 ②一掬：一捧。胭脂：胭脂井，南朝陈景阳宫内的景阳井，在今南京城内。隋兵攻陈时，陈后主和宠妃张丽华、孔贵嫔等曾躲入此井，后被隋兵牵出。此井石栏为红色，类似胭脂，人们附会说是二妃泪水所染，称胭脂井。甃（zhòu）：井壁。 ③红罗：李后主曾在宫中作红罗亭，四面栽红梅。 ④暑风：热风。

望江南

春去也[①]，人在画楼东。芳草绿粘天一角，落花红沁水三弓[②]。好景共谁同。

注释

①春去也：唐刘禹锡《忆江南》词："春去也，多谢洛城人。" ②弓：旧代丈量地亩的工具和计量单位，五尺为一弓，三百六十弓为一里，二百四十方弓为一亩。

赤枣子

风淅淅[①]，雨纤纤[②]。难怪春愁细细添。记不分明疑是梦，梦来还隔一重帘。

注释

①淅淅：象声词，形容轻微的风声。 ②纤纤：形容细长。

玉连环影

才睡。愁压衾花碎[①]。细数更筹[②]，眼看银虫坠[③]。梦难凭，讯难真，只是赚伊终日两眉颦[④]。

注释

①衾花：被子上的花卉图。 ②更筹：古代夜间报更的牌。③银虫：灯花。 ④赚：赢得。颦：皱眉。

如梦令

万帐穹庐人醉[①]，星影摇摇欲坠。归梦隔狼河[②]，又被河声搅碎。还睡，还睡，解道醒来无味[③]。

注释

①穹庐：毡帐，俗称蒙古包。北方少数民族多居住，房顶作穹隆形。 ②狼河：白狼河的省称，即大凌河。在今辽宁省朝阳市南，流入渤海湾。 ③解道：晓得。

天仙子

月落城乌啼未了[①]，起来翻为无眠早。薄霜庭院怯生衣[②]，心悄悄[③]，红阑绕，此情待共谁人晓。

注释

①城乌：城上的乌鸦。 ②生衣：绢制的夏衣。 ③悄悄：忧愁的样子。

相见欢

落花如梦凄迷，麝烟微[①]。又是夕阳潜下小楼西。 愁无限，消瘦尽，有谁知？闲教玉笼鹦鹉念郎诗[②]。

注释

①麝烟：焚麝香散发的香烟。 ②“闲教”句：宋柳永《甘草子》词：“却傍金笼共鹦鹉，念粉郎言语。”

昭君怨

暮雨丝丝吹湿，倦柳愁荷风急[①]。瘦骨不禁秋，总成愁。
别有心情怎说，未是诉愁时节。谯鼓已三更[②]，梦须成[③]。

注释

①倦柳愁荷：宋史达祖《秋霁》词：“江水苍苍，望倦柳愁荷，共感秋色。” ②谯鼓：谯楼（城门上的了望楼）上的更鼓。

③须：应。

浣溪沙

锦样年华水样流，鲛珠迸落更难收[①]，病余常是怯梳头。
一径绿云修竹怨[②]，半窗红日落花愁，愔愔只是下帘钩[③]。

注释

①鲛珠：泪珠。据晋张华《博物志》，南海有鲛人（即人鱼），其泪化为珍珠。 ②绿云：谓绿叶繁茂。 ③愔愔（yīn）：悄寂，幽深。

浣溪沙

肯把离情容易看，要从容易见艰难，难抛往事一般般[①]。
今夜灯前形共影[②]，枕函虚置翠衾单[③]，更无人与共春寒。

注释

①一般般：一件件。 ②形共影：即形影相伴，形容人的孤单。 ③枕函：中间可以放置物件的匣状枕头。

浣溪沙

已惯天涯莫浪愁[①]，寒云衰草渐成秋，漫因睡起又登楼[②]。
伴我萧萧惟代马[③]，笑人寂寂有牵牛[④]，劳人只合一生休[⑤]。

注释

①莫浪愁：不要轻易发愁。浪，空。宋杨万里《无题》诗："渠侬狡狯何须教，说与旁人莫浪愁。" ②漫：副词，不、休、莫。睡起：即睡醒。 ③萧萧：马嘶声。代马：泛指古代北方所产之马。代，即代州，今山西雁门一带。 ④牵牛：俗称牛郎星，隔银河与织女星相对。传说牛郎、织女双星每年七夕重逢一次。 ⑤劳人：忧伤的人，此自指。只合：只应。此句谓让忧劳的人一个人绝望就够了，不要让双方都受痛苦。

浣溪沙

一半残阳下小楼[①]，朱帘斜控软金钩[②]，倚阑无绪不能愁[③]。 有个盈盈骑马过[④]，薄妆浅黛亦风流[⑤]，见人羞涩却回头。

注释

①"一半"句：唐杜牧《题扬州禅智寺》诗："暮蔼生深树，斜阳下小楼。" ②控：落下，垂下。 ③无绪：没有心情。④盈盈：女子。清严绳孙《虞美人》词："有个盈盈相并说游人。" ⑤浅黛：眉毛画得淡。

浣溪沙

寄严荪友[①]

藕荡桥边理钓筒[②]，苎萝西去五湖东[③]，笔床茶灶太从容[④]。

况有短墙银杏雨，更兼高阁玉兰风[⑤]，画眉闲了画芙蓉[⑥]。

注释

①严荪友：即严绳孙，作者的好朋友。 ②藕荡桥：在无锡西北，严绳孙宅第附近，绳孙因此桥而自号藕荡渔人。钓筒：装鱼的竹器。 ③苎萝：苎萝山，在浙江诸暨县南。五湖：太湖。④笔床：笔架。茶灶：烹茶的小炉灶。 ⑤“况有”两句：用严绳孙《望江南》词句：“暗绿扑帘银杏雨，昏黄扶袖玉兰风，人在小窗中。” ⑥画眉：用张敞事喻夫妻感情和美。《汉书·张敞传》谓张敞曾为妻子画眉。芙蓉：荷花的别称。严绳孙擅画花鸟，故云。

霜天晓角

重来对酒，折尽风前柳。若问看花情绪，似当日、怎能够。 休为西风瘦，痛饮频搔首。自古青蝇白壁[①]，天已早、安排就。

注释

①青蝇白壁：苍蝇粪能使白玉璧污损，喻指小人颠倒黑白，污人清白。

菩萨蛮

过张见阳山居赋赠[①]

车尘马迹纷如织，羡君筑处真幽僻。柿叶一林红，萧萧四面风。 功名应看镜[②]，明月秋河影。安得此山间，与君高卧闲。

注释

①张见阳：作者友人，名纯修，号见阳，曾为作者编印《饮水词》。 ②“功名”句：谓功名如镜中花月，总是虚幻。杜甫《江上》诗：“勋业频看镜，行藏独倚楼。”

菩萨蛮

梦回酒醒三通鼓[①]，断肠啼鴂花飞处[②]。新恨隔红窗，罗衫泪几行。　　相思何处说，空有当时月。月也异当时，团圞照鬓丝[③]。

注释

①三通鼓：古人夜里打更报时，一夜分五更，三通鼓即半夜时。宋孙洙《菩萨蛮》：“楼头尚有三通鼓，何须抵死催人去。”②啼鴂（jué）：子规鸟啼叫。《汉书·扬雄传》注：“鶗鴂一名子规，一名杜鹃，常以立夏鸣，鸣则众芳皆歇。”又，传说此鸟为蜀主望帝魂化，啼声悲苦。 ③团圞：圆貌。此指圆月。

采桑子

居庸关[①]

巂周声里严关峙[②]，匹马登登[③]，乱踏黄尘，听报邮签第几程[④]。　　行人莫话前朝事，风雨诸陵，寂寞鱼灯[⑤]，天寿山头冷月横[⑥]。

注释

①居庸关：在北京昌平县西北，为长城重要关口之一。②巂（guī）周：杜鹃鸟。严关：地势险要的关隘。③登登：马蹄声。④邮签：漏筹，古代驿馆夜间报时之具。⑤鱼灯：用人鱼膏制成的灯烛，置于帝王陵寝，可长久不灭。⑥天寿山：在北京昌平县东北，为明代皇陵（十三陵）所在地。

减字木兰花

花丛冷眼①，自惜寻春来较晚②。知道今生，知道今生那见卿。　天然绝代③，不信相思浑不解④。若解相思，定与韩凭共一枝⑤。

注释

①花丛：此指女子。唐元稹《离思》诗："取次花丛懒回顾，半缘修道半缘君。"②"自惜"句：唐于邺《扬州梦记》载，杜牧游湖州，颇恋一少年女子，许以十年为期，将娶为妻，十四年后守湖州，此女已嫁人三载，故悔而作诗曰："自是寻春去较迟，不须惆怅怨芳时。狂风落尽深红色，绿叶成阴子满枝。"③绝代：指旷世美人。④浑不解：犹全不知道。⑤"定与"句：晋干宝《搜神记》卷十一载，战国时宋康王舍人韩凭娶妻何氏，貌甚美，康王夺之。凭先为康王害，后自杀。何氏亦跳台而死，遗书愿以尸骨与凭合葬，康王未允。虽两冢相望，然宿昔有大梓木生于两坟之间，旬日而大盈抱，枝叶相交，又有鸳鸯栖于树，晨夕不去，交颈悲鸣，其声甚感人。

忆秦娥

长飘泊，多愁多病心情恶。心情恶。模糊一片，强分哀乐[①]。　　拟将欢笑排离索[②]，镜中无奈颜非昨。才华尚浅，因何福薄。

注释

①哀乐：偏义复词，偏言乐。强分哀乐谓心情虽恶，仍强颜欢笑。　②离索：离散后的寂寞。

清平乐

发汉儿村题壁[①]

参横月落[②]，客绪从谁托。望里家山云漠漠[③]，似有红楼一角。　　不如意事年年，消磨绝塞风烟。输与五陵公子[④]，此时梦绕花前。

注释

①汉儿村：地名，见前《百字令·宿汉儿村》注①。　②参(shēn)：星宿名，猎户座的七颗亮星。参横谓参星已落，夜已深。　③家山：故乡。　④五陵公子：谓京都富豪子弟。五陵：汉代五个皇帝的陵墓，每建一陵便将四方富豪及外戚迁至附近居住，因此五陵便成为富豪聚居之地的代称。

清平乐

角声哀咽，襆被驮残月[①]。过去华年如电掣，禁得番番离别。　　一鞭冲破黄埃[②]，乱山影里徘徊。蓦忆去年今日，十三陵下归来[③]。

注释

①襆（pū）被：用包袱捆衣被，即行李。　②一鞭：一抹斜阳。　③十三陵：明皇陵，在北京昌平县东北天寿山。

清平乐

画屏无睡[①]，雨点惊风碎[②]。贪话零星兰焰坠[③]，闲了半床红被。　　生来柳絮飘零，便教咒也无灵[④]。待问归期还未，已看双睫盈盈。

注释

①画屏无睡：唐温庭筠《池塘七夕》诗："银烛有光妨宿燕，画屏无睡待牵牛。"　②"雨点"句：宋张辑《疏帘淡月》词："梧桐雨细，渐滴作秋声，被风惊碎。"　③兰焰：灯花。④咒：祈祷。

青衫湿

悼　亡

近来无限伤心事，谁与话长更？从教分付[①]，绿窗红泪[②]，早雁初莺。　　当时领略，而今断送，总负多情。忽疑君到，漆灯风飐[③]，痴数春星。

注释

①从教分付：谓一切听从安排。　②红泪：指美人之眼泪。晋王嘉《拾遗论》卷七载，魏文帝爱美人，常山人薛灵芸被聘入宫。灵芸泣别父母，途中以玉唾承泪，壶则红色，至京师，壶中泪凝如血。　③漆灯：用漆点亮的灯，灯光特别明亮。风飐(zhān)：即风吹。五代毛文锡《临江仙》词：“岸泊渔灯风飐碎，白蘋远散浓香。”

山花子

一霎灯前醉不醒，恨如春梦畏分明[①]。淡月淡云窗外雨，一声声。　　人到情多情转薄，而今真个不多情。又听鹧鸪啼遍了[②]，短长亭。

注释

①“恨如”句：唐张泌《寄人》诗：“倚柱寻思倍惆怅，一场春梦不分明。”　②鹧鸪：鸟名，古人认为其叫声像“行不得也哥哥”。

望江南

宿双林禅院有感[1]

心灰尽，有发未全僧[2]。风雨消磨生死别，似曾相识只孤檠[3]，情在不能醒。　　摇落后[4]，清吹那堪听[5]。淅沥暗飘金井叶[6]，乍闻风定又钟声，薄福荐倾城[7]。

注释

①双林禅院：在今辽宁省锦县松山。　②“有发”句：反用陆游《衰病有感》“在家元是客，有发亦如僧”二句。　③孤檠（qíng）：孤灯。檠，灯台，蜡台。　④摇落：凋谢、零落。⑤清吹：凄清的声音，此指秋风。　⑥淅沥：风雨声。金井：有雕栏的井，多用于宫廷、园林中井的美称。井边多植梧桐树，故以金井叶指秋天梧桐的落叶。　⑦薄福：福分浅。荐：送呈、进献。倾城：代指美人。

浪淘沙

秋　思

霜讯下银塘[1]，并作新凉，奈他青女忒轻狂[2]。端正一枝荷叶盖，护了鸳鸯。　　燕子要还乡，惜别雕梁。更无人处倚斜阳。还是薄情还是恨，仔细思量。

注释

①霜讯：即霜信，霜期到来的信息。银塘：池塘。 ②青女：神话中司霜雪的女神。忒（tuī）：太。

秋千索

锦帷初卷蝉云绕[1]，却待要、起来还早。不成薄睡倚香篝[2]，一缕缕、残烟袅。 绿阴满地红阑悄。更添与、催归啼鸟[3]。可怜春去又经时[4]，只莫被、人知了。

注释

①蝉云：蝉鬓形的发式。 ②薄睡：小睡。香篝：见前《采桑子》（严霜拥絮频惊起）注④。 ③催归啼鸟：指杜鹃鸟。 ④经时：许久。

于中好[1]

离 恨

背立盈盈故作羞[2]，手挼梅蕊打肩头[3]。欲将离恨寻郎说，待得郎来恨却休。 云淡淡，水悠悠，一声横笛锁空楼[4]。何时共泛春溪月，断岸垂杨一叶舟。

注释

①于中好：《鹧鸪天》的别名。 ②盈盈：美好貌。此指女子之风姿仪态美好。《古诗十九首》：“盈盈楼上女，皎皎当窗牖。” ③手挼（ruó）：用手搓揉。 ④锁空楼：谓（笛声）萦

绕在空寂的楼阁中。

于中好

咏　史[1]

马上吟成促渡江[2]，分明间气属闺房[3]。生憎久闭金铺暗[4]，花冷回心玉一床[5]。　　添哽咽，足凄凉，谁教生得满身香[6]。只今西海年年月[7]，犹为萧家照断肠[8]。

注释

①本篇咏辽道宗皇后萧观音事。据辽学士王鼎《焚椒录》记载，萧后小字观音，容貌端丽，能诗，善乐舞，封懿德皇后，因劝谏道宗耽于射猎而失宠，后作《回心院》词十首希望道宗回心转意，并令伶官赵惟一演奏。当时奸臣耶律乙辛为陷害萧后及太子，令人作淫词《十香词》骗萧后书写，再以之为证污萧后与赵惟一私通，萧后遂被道宗赐自尽。　②“马上”句：据《焚椒录》，清宁二年八月，道宗在秋山射猎，至伏虎林，令萧后赋诗，后应声赋道：“威风万里压南邦，东去能翻鸭绿江。灵怪大千都破胆，那教猛虎不投降。”道宗大喜，称其为女中才子。这句说萧后在马上所吟之诗促成辽渡江攻宋。　③间（jiān）气：英雄豪杰之气。　④生憎：最恨，偏恨。金铺暗：萧后《回心院》词第一首中有“扫深殿，闭久金铺暗”之句。金铺是门上铜制的兽形环钮，代指门。　⑤回心：指回心院。据《唐书》记载，唐高宗的王皇后及淑妃萧氏被武则天囚禁，高宗偷偷去看她们，她们便要求高宗将囚室改名为“回心院”以示回心转意。玉一床：喻满床清冷的月色。萧后《回心院》词第七首中有“笑妾新铺玉一

床”之句。这两句谓萧后被久禁冷宫，只有一轮明月相伴。⑥满身香：《十香词》第二首中有“生得满身香”之句。 ⑦西海：西北有青海，这里代指边地。 ⑧萧家：萧观音家。

南乡子

秋莫村居[①]

红叶满寒溪，一路空山万木齐。试上小楼极目望，高低。一片烟笼十里陂[②]。　　吠犬杂鸣鸡，灯火荧荧归路迷[③]。乍逐横山时近远，东西。家在寒林独掩扉。

注释

①秋莫：即秋暮。 ②“一片”句：五代韦庄《台城》诗：“无情最是台城柳，依旧烟笼十里堤。”陂（bēi）：山坡。 ③荧荧：灯火闪烁的样子。

雨中花

楼上疏烟楼下路，正招余、绿杨深处。奈卷地西风，惊回残梦，几点打窗雨。　　夜深雁掠东檐去。赤憎是、断魂砧杵[①]。算酌酒忘忧，梦阑酒醒[②]，愁思知何许[③]。

注释

①赤憎：可恨，可厌。砧杵（zhēnchǔ）：捣衣石和棒槌，这里代指捣衣声。 ②梦阑：梦醒。 ③何许：如何，怎么样。

明月棹孤舟

海　淀[①]

一片亭亭空凝伫[②]，趁西风、霓裳遍舞[③]。白鸟惊飞，菰蒲叶乱[④]，断续浣纱人语。　丹碧驳残秋夜雨[⑤]，风吹去、采菱越女。辘轳声断，昏鸦欲起，多少博山情绪[⑥]。

注释

①海淀：今北京西郊，纳兰家的别墅就在这里。　②亭亭：指亭亭玉立的荷叶荷花。　③霓裳：见前《一丛花·咏并蒂莲》注①。　④菰蒲：菰俗称茭白，蒲即菖蒲，都是水生植物。　⑤丹碧驳残：荷花荷叶凋残。　⑥博山：博山炉，一种名贵的香炉。博山情绪指面对博山炉烟而生出的情思（多与男女情爱有关）。

鹊桥仙

倦收缃帙[①]，悄垂罗幕，盼煞一灯红小。便容生受博山香[②]，销折得、狂名多少。　是伊缘薄，是侬情浅，难道多磨更好？不成寒漏也相催[③]，索性尽、荒鸡唱了。

注释

①湘帙：见前《临江仙》（点滴芭蕉心欲碎）注①。　②生受：享受。博山香：博山炉中的香。　③不成：难道。

鹊桥仙

梦来双倚，醒时独拥，窗外一眉新月。寻思常自悔分明，无奈却、照人清切[1]。　　一宵灯下，连朝镜里，瘦尽十年花骨[2]。前期总约上元时[3]，怕难认、飘零人物。

注释

①照人清切：清严绳孙《念奴娇》词："姮娥知否，照人如此清切。"　②十年花骨：宋史达祖《鹧鸪天》词："十年花骨东风泪，几点螺香素壁尘。"　③上元：农历正月十五日。

虞美人

秋夕信步[1]

愁痕满地无人省，露湿琅玕影[1]。闲阶小立倍荒凉，还胜旧时月色在潇湘[2]。　　薄情转是多情累，曲曲柔肠碎。红笺向壁字模糊，忆共灯前呵手为伊书。

注释

①琅玕（lánggān）：竹。　②旧时月色：宋姜夔《暗香》词："旧时月色，算几番照我，梅边吹笛。"潇湘：唐刘禹锡《潇湘神》词："斑竹枝，斑竹枝，泪痕点点寄相思。楚客欲听瑶瑟怨，潇湘深夜月明时。"

临江仙

昨夜个人曾有约[①]，严城玉漏三更[②]。一钩新月几疏星。夜阑犹未寝，人静鼠窥灯[③]。　　原是瞿唐风间阻[④]，错教人恨无情。小阑干外寂无声。几回肠断处，风动护花铃[⑤]。

注释

①个人：犹言那人。　②严城：戒备森严的城。玉漏：漏壶，古时的一种计时器。　③鼠窥灯：形容环境寂静荒僻。宋秦观《如梦令》词："梦破鼠窥灯。"　④瞿唐：即瞿唐峡，在今四川省奉节县东，为长江三峡之首。此用以比喻阻拦男女相会的人为势力。间阻：即阻隔。　⑤护花铃：五代王仁裕《开元天宝遗事》载，宁王至春时，于后园中结红丝为绳，密缀金铃，系于花梢之上，每有鸟鹊翔集，则命园吏掣铃以惊之。

临江仙

孤　雁

霜冷离鸿惊失伴[①]，有人同病相怜。拟凭尺素寄愁边[②]。愁多书屡易[③]，双泪落灯前。　　莫对月明思往事，也知消减年年。无端嘹唳一声传[④]。西风吹只影，刚是早秋天。

注释

①离鸿：失群的大雁。　②尺素：见前《采桑子》（白衣裳凭朱阑立）注⑤。　③屡易：多次重写。　④嘹唳：见前《忆桃

源慢》（斜倚熏笼隔帘寒）注⑨。

满江红

为曹子清题其先人所构楝亭，亭在金陵署中[①]

籍甚平阳[②]，羡奕叶、流传芳誉[③]。君不见、山龙补衮，昔时兰署[④]。饮罢石头城下水[⑤]，移来燕子矶边树[⑥]。倩一茎、黄楝作三槐[⑦]，趋庭处[⑧]。　延夕月，承晨露。看手泽[⑨]，深余慕。更凤毛才思[⑩]，登高能赋。入梦凭将图绘写，留题合遣纱笼护[⑪]。正绿阴、青子盼乌衣[⑫]，来非暮[⑬]。

注释

①曹子清：曹寅（1658—1712），字子清，号楝亭，是《红楼梦》作者曹雪芹的祖父。曹寅之父曹玺在任江宁织造时曾在署衙植楝树一棵，并在旁边筑亭，名楝亭。金陵：今南京市。②籍甚平阳：谓曹姓在平阳声名显赫。籍甚：盛大。平阳：地名，在今山西省境内，汉曹参曾因功封平阳侯。　③奕叶：累世，代代。曹氏从曹玺至曹寅已连续两代任江宁织造。　④山龙补衮：谓曹氏地位显贵。山龙，指绘于衮服（古代帝王和公侯的礼服）和旌旗上的山形、龙形图案。补衮，补帝王的衮服，喻补救、规谏帝王过失。兰署：兰台，指秘书省。这两句谓曹氏昔日身居高位。　⑤石头城：古城名，故址在今南京市清凉山。⑥燕子矶：见前《梦江南》（江南好，怀古意谁传）注①。⑦黄楝（liàn）：树名，俗称苦楝子，又称金铃子。三槐：据《周礼》，周代宫廷外种有三棵槐树，三公朝见天子时面向三槐而立，后以三槐喻三公之类的高级官员。这句意谓曹氏先人在庭外种一

棵楝树预示其后人会位列三公。 ⑧趋庭：《论语·季氏》载孔子立于庭中，其子鲤“趋而过庭”，孔子教他“不学诗，无以言”，鲤退而学诗。后即以趋庭谓子承父教。 ⑨手泽：先辈的遗墨或遗物。 ⑩凤毛才思：子弟继承先辈的才华。 ⑪“留题”句：据王定保《唐摭言》，王播少时孤贫，寄食于寺院，颇遭寺僧轻视。后发迹，重回旧地，见昔日他题于寺壁上的诗句已被寺僧用碧纱笼罩住。后来以此作为世态炎凉，以势取人的典故。这句说曹氏地位显贵，其所留墨迹自当以碧纱笼罩护。 ⑫青子：未熟的梅子、李子。乌衣：指曹寅，谓其为名门子弟。晋时王、谢等名门望族都居于乌衣巷，故其子弟被称为乌衣诸郎。 ⑬来非暮：用汉廉范事。据《后汉书·廉范传》，廉范（字叔度）任蜀郡太守极有政绩，人民作歌赞颂他说：“廉叔度，来何暮？不禁火，民安作。”以上两句谓盼曹寅早些来南京任江宁织造，为民造福（当时已有曹寅将继父任之说）。

东风第一枝

桃　花

薄劣东风[1]，凄其夜雨[2]，晓来依旧庭院。多情前度崔郎，应叹去年人面[3]，湘帘乍卷[4]。早迷了、画梁栖燕。最娇人、清露莺啼，飞去一枝犹颤。　　背山郭，黄昏开遍。想孤影、夕阳一片[5]。是谁移向亭皋[6]，伴取晕眉青眼[7]。五更风雨[8]，算减却、春光一线[9]。傍荔墙、牵惹游丝[10]，昨夜绛楼难辨[11]。

注释

①薄劣：薄情，无情。宋张元干《踏莎行》词："薄劣东风，夭斜落絮，明朝重觅吹笙路。" ②凄其：凄冷。其是语助词，无义。 ③"多情"两句：用崔护"人面桃花"故事。唐孟棨《本事诗》记载，唐人崔护清明日郊游，到都城南庄一户人家敲门求饮，一年轻女子开门接待他，含情立于桃树之下。明年崔护重游此地，则桃花依旧，而人已不在，便作《题都城南庄》诗一首："去年今日此日中，人面桃花相映红。人面不知何处去？桃花依旧笑春风。" ④湘帘：用湘妃竹做的帘子。 ⑤夕阳一片：明冯小青诗："夕阳一片桃花影，知是亭亭倩女魂。" ⑥亭皋：水边的平地。 ⑦晕眉青眼：喻柳叶。晕眉，模糊的淡眉。青眼，新生的柳叶细长如人眼，称柳眼。 ⑧五更风雨：唐王建《宫词》："树头树底觅残红，一片西风一片东。自是桃花贪结子，错教人恨五更风。" ⑨"减却"句：杜甫《曲江》诗："一片飞花减却春。" ⑩荔墙：攀附有薜荔的墙。游丝：飘动的蛛丝。⑪绛楼：红楼。

水龙吟

题文姬图[①]

须知名士倾城[②]，一般易到伤心处。柯亭响绝[③]，四弦才断[④]，恶风吹去[⑤]。万里他乡，非生非死[⑥]，此身良苦。对黄沙白草，呜呜卷叶[⑦]，平生恨，从头谱。　应是瑶台伴侣[⑧]，只多了、毡裘夫妇[⑨]。严寒觱篥[⑩]，几行乡泪，应声如雨。尺幅重披[⑪]，玉颜千载，依然无主。怪人间厚福，天公尽付，痴儿呆女。

注释

①文姬：汉末蔡琰，字文姬，陈留圉（今河南杞县南）人，蔡邕之女。博学有文才，初嫁卫仲道，夫亡无子，归母家。为乱军所虏，流落匈奴十二年，生二子。后曹操以金璧赎还，再嫁董祀。其详见《后汉书·列女传》。图中所绘当是她在匈奴时的情景。 ②名士倾城：指才子佳人。 ③柯亭：在今浙江绍兴西南，盛产良竹。相传蔡邕曾用此地之竹制笛，奇声独绝。柯亭响绝，表示蔡邕已死。 ④四弦才：指文姬精于音律。《后汉书·列女传》引《幼童传》载："邕夜鼓琴，弦绝。琰曰：'第二弦。'邕曰：'偶得之耳。'故断一弦问之，琰曰：'第四弦。'并不差谬。"四弦才断，表示丈夫死后蔡琰无心弹琴。 ⑤恶风吹去：指蔡琰为匈奴所俘去。 ⑥非生非死：蔡琰《悲愤诗》："欲死不能得，欲生无一可。" ⑦卷叶：笳又名葭，古代西北少数民族的乐器。起初卷芦叶为之，后改用芦管、竹管制成。 ⑧瑶台：神仙居住之地，此指汉家天子。此句谓蔡琰本应成为宫中后妃或汉家的贵妇人。 ⑨毡裘：指少数民族的服饰。 ⑩觱篥(bìlì)：西域的簧管乐器，状似胡笳，后传入内地。 ⑪尺幅：指文姬图。重披：又一次披阅。

水龙吟

再送荪友南还[①]

人生南北真如梦，但卧金山高处[②]。白波东逝[③]，乌啼花落，任他日暮。别酒盈觞[④]，一声将息[⑤]，送君归去。便烟波万顷，半帆残月，几回首、相思否。　可忆柴门深闭，玉绳低、剪灯夜语[6]。浮生如此，别多会少，不如莫遇。愁对西轩，荔墙叶暗[7]，黄昏风雨。更那堪几处，金戈铁马，把凄凉助。

注释

①荪友：严绳孙，见前《临江仙·寄严荪友》注①。康熙二十四年，严绳孙再度南归，性德作此词以赠，因前已作二诗，故曰“再送”。 ②金山：山名，在江苏镇江西北，这里代指严绳孙的家乡。 ③白波：江水。 ④盈觞：充满酒杯。 ⑤将息：保养，休息。 ⑥玉绳：星名，北斗七星的斗杓。玉绳低谓夜已深。剪灯：宋史达祖《绮罗香》词：“忆当日、门掩梨花，剪灯深夜语。” ⑦荔墙：攀附有薜荔的墙。

瑞鹤仙

丙辰生日自寿，起用《弹指词》句，并呈见阳[1]

马齿加长矣[2]。枉碌碌乾坤，问汝何事，浮名总如水。判尊前杯酒，一生长醉[3]。残阳影里，问归鸿、归来也未。且随缘、去住无心，冷眼华亭鹤唳[4]。　　无寐。宿酲犹在[5]，小玉来言[6]，日高花睡。明月阑干，曾说与、应须记。是蛾眉便自、供人嫉妒[7]。风雨飘残花蕊。叹光阴、老我无能，长歌而已。

注释

①丙辰：康熙十五年（1676），作者二十二岁。《弹指词》，顾贞观的词集名，集中《金缕曲·丙午生日自寿》词有“马齿加长矣。向天公、投笺试问，余生何事”句。见阳，即张纯修，见

前《金菊对芙蓉·上元》词注⑩。 ②马齿加长：马的牙齿随年而增，喻人年龄增长。 ③判：甘愿。唐李白《将进酒》诗："钟鼓馔玉不足贵，但愿长醉不复醒。" ④华亭鹤唳：南朝刘义庆《世说新语·尤悔》载陆机在临刑前叹道："欲闻华亭鹤唳，可复得乎?"华亭是地名，在今上海市松江县，陆机未仕前曾与其弟陆云共游于此十余年。这句谓要随缘自适，淡看富贵功名。 ⑤宿酲：头夜酒醉至次日晨仍未全醒。 ⑥小玉：侍女。 ⑦"是蛾眉"句：凡才华出众的人自会遭人嫉妒。屈原《离骚》："众女嫉余之蛾眉兮，谣诼谓余以善淫。"

望海潮

宝珠洞[①]

汉陵风雨[②]，寒烟衰草[③]，江山满目兴亡[④]。白日空山，夜深清呗[⑤]，算来别是凄凉。往事最堪伤。想铜驼巷陌[⑥]，金谷风光[⑦]。几处离宫[⑧]，至今童子牧牛羊。 荒沙一片茫茫。有桑乾一线[⑨]，雪冷雕翔。一道炊烟，三分梦雨[⑩]，忍看林表斜阳[⑪]。归雁两三行。见乱云低水，铁骑荒冈。僧饭黄昏，松门凉月拂衣裳[⑫]。

注释

①宝珠洞：今北京西郊八大处的宝珠洞，洞在第七处，是八大处最高处，洞前有敞榭，可一目千里。 ②汉陵：借指十三陵。 ③寒烟衰草：宋王安石《桂枝香·金陵怀古》词："六朝旧事随流水，但寒烟衰草凝绿。" ④"江山"句：宋辛弃疾《念奴娇》词："虎踞龙蟠何处是，只有兴亡满目。" ⑤清呗：

清晰的诵经声。 ⑥铜驼：参前《梦江南》（江南好，城阙尚嵯峨）词注④。 ⑦金谷：金谷园，晋石崇在洛阳所建别墅，后代指繁华游宴之地。唐刘禹锡《杨柳枝》诗："金谷园中莺乱飞，铜驼陌上好风吹。"这两句指往日的繁华兴盛已消失殆尽，令人感伤。⑧离宫：帝王出行临时所居宫室。 ⑨桑乾：桑乾河，源出山西，从北京西石景山旁边流过后折向南，称永定河。清朱彝尊《最高楼》词："望不尽、军都山一面，流不尽、桑乾河一线。"⑩梦雨：迷濛细雨。 ⑪林表：树林之外。 ⑫松门：前植松树的屋门，此指庙门。

金缕曲

未得长无谓[①]。竟须将、银河亲挽，普天一洗[②]。麟阁才教留粉本[③]，大笑拂衣归矣[④]。如斯者、古今能几。有限好春无限恨，没来由、短尽英雄气[⑤]。暂觅个、柔乡避[⑥]。 东君轻薄知何意[⑦]。尽年年、愁红惨绿，添人憔悴[⑧]。两鬓飘萧容易白[⑨]，错把韶华虚费。便决计、疏狂休悔[⑩]。但有玉人常照眼[⑪]，向名花、美酒拼沉醉[⑫]。天下事，公等在。

注释

①"未得"句：唐李商隐《无题》诗："人生岂得长无谓，怀故思乡共白头。"无谓：无所作为。 ②"竟须"句：杜甫《洗兵马》诗："安得壮士挽天河，净洗甲兵长不用。" ③麟阁：麒麟阁，在汉未央宫中，汉宣帝曾将霍光等功臣的画像置于此阁，以表彰其功绩，后即以画像于麒麟阁中作为功勋卓著和最高荣誉的标志。粉本：画稿。 ④拂衣：指归隐。 ⑤"短尽"句：宋蔡伸《点绛唇》词："一点情种，销尽英雄气。" ⑥柔乡：温柔乡，美色迷人之境。性德有

致顾贞观书信云："从前壮志，都已隳尽。昔人言，身后名不如生前一杯酒，此言大是。弟以是甚慕魏公子之饮醇酒、近妇人也。沦落之余，方欲葬身柔乡，不知得如鄙人之愿否耳。"此可谓"没来由"两句之注脚。 ⑦东君：司春之神。 ⑧"尽年年"句：宋杨无咎《阳春》词："尽憔悴、过了清明候，愁红惨绿。" ⑨飘萧：飘动貌。⑩疏狂：豪放不羁，不受约束。 ⑪照眼：从眼前经过。明王次回《梦游十二首》之八："但有玉人长照眼，更无尘务暂经心。" ⑫拼：情愿。

纳兰词集评

容若读书机速过人，辄能举其要。诗有开元丰格。作长短句，跌宕流连以写其所难言。有集名《侧帽》《饮水》者，皆词也。（韩慕庐）

冯金伯《词苑萃编》卷八，见《词话丛编》第2册

容若自幼聪敏，读书过目不忘，善为诗，尤工于词。好观北宋之作，不喜南渡诸家，而清新秀隽，自然超逸。海内名人为词者皆归之。（徐健庵）

冯金伯《词苑萃编》卷八，见《词话丛编》第2册

容若词，一种凄惋处，令人不能卒读，人言愁我始欲愁。（顾梁汾）

冯金伯《词苑萃编》卷八，见《词话丛编》第2册

《饮水词》，哀感顽艳，得南唐二主之遗。（陈其年）

冯金伯《词苑萃编》卷八，《词话丛编》第2册

国朝词人辈出，然工为南唐五季语者，无若纳兰相国明珠子容若侍卫。所著《饮水词》，于迦陵小长芦二家外，别立一帜。

丁绍仪《听秋声馆词话》卷十七，见《词话丛编》第3册

八旗词家，向推纳兰容若《饮水》《侧帽》二词，清微淡远。

李佳《左庵词话》

纳兰容若（成德）深于情者也。固不必刻画花间，俎豆兰畹，而一声河满，辄令人怅惘欲涕。情致与弹指最近，故两人遂成莫逆。读两家短调，觉阮亭脱胎温、李，犹费拟议。

谢章铤《赌棋山庄词话》卷七，见《词话丛编》第4册

汉槎梁汾友也，容若感梁汾词，谋赎汉槎归，曰："三千六百日中，吾必有以报梁汾。"厥后卒能不食言，遂有"绝塞生还吴季子，算眼前此外皆闲事"句。嗟乎，今之人，总角之友，长大忘之；贫贱之友，富贵忘之。相勖以道义，而相失以世情；相怜以文章，而相妒以功利。吾友吾且负之矣，能爱友之友如容若哉！容若尝曰："花间之词如古玉器，贵重而不适用。宋词适用而少贵重。李后主兼有其美，更饶烟水迷离之致。"又曰："词虽苏辛并称，而辛实胜苏，苏诗伤学，词伤才。"（《渌水亭杂识》）此真不随人道黑白者。集中警句，美不胜收，略举一二，以与解人共赏……

谢章铤《赌棋山庄词话》卷七，见《词话丛编》第4册

国初诸老之词，论不胜论。而最著者，除吴、王、朱、陈之外，莫若棠村、秋岳、南溪、珂雪、蝍香、华峰、饮水、羡门、秋水、符曾、分虎、晋贤、覃九、蘅圃、松枰、西堂、莘野、紫纶、奕山诸家，分道扬镳，各树一帜。而饮水、羡门、符曾、分虎，尤为杰出。

陈廷焯《词坛丛话》，见《词话丛编》第4册

容若《饮水词》，在国初亦推作手，较《东白堂词》（佟世

南撰）似更闲雅。然意境不深厚，措词亦浅显。余所赏者，惟《临江仙·寒柳》第一阕，及《天仙子·渌水亭秋夜》《酒泉子》（谢却荼蘼）一篇，三篇耳，余俱平衍。

陈廷焯《白雨斋词话》，见《词话丛编》第 4 册

容若《饮水词》，才力不足。合者得五代人凄惋之意。余最爱其《临江仙·寒柳》云："疏疏一树五更寒。爱他明月好，憔悴也相关。"言中有物，几令人感激涕零。容若词亦以此篇为压卷。

陈廷焯《白雨斋词话》，见《词话丛编》第 4 册

有明以来，词家断推湘真第一，饮水次之。其年、竹㙐、樊榭、频伽，尚非上乘。

谭献《复堂词话》，见《词话丛编》第 4 册

周稚圭有言："成容若，欧、晏之流，未足以当李重光。"

陈廷焯《白雨斋词话》，见《词话丛编》第 4 册

文字无大小，必有正变，必有家数。《水云楼词》（珂谨按：即蒋春霖著）固清商变徵之声，而流别甚正，家数颇大，与成容若、项莲生二百年中，分鼎三足……三家是词人之词。

陈廷焯《白雨斋词话》，见《词话丛编》第 4 册

依声之学，国朝为盛，竹㙐、其年、容若鼎足词坛。陈天才艳发，辞风横溢。朱严密精审，造诣高秀。容若《饮水》一卷，《侧帽》数章，为词家正声。散璧零玑，字字可宝。杨蓉裳称其骚情古调，侠肠俊骨，隐隐奕奕，流露于毫楮间。玉津少年所为

《铁笛词》一卷，刻羽调商，每逢凄风暗雨、凉月三星，曼声长吟，时恨不与容若同时耳。

胡薇云《岁寒居词话》，见《词话丛编》第5册

容若填词诗云："诗亡词乃盛，比兴此焉托。往往欢娱工，不如忧患作。冬郎一生极憔悴，判与三闾共醒醉。美人香草可怜春，凤蜡红巾无限泪。芒鞋心事杜陵知，只今惟赏杜陵诗。古人且失风人旨，何怪俗眼轻填词。词源远过诗律近，拟古乐府特加润。不见句读参差三百篇，已自换头兼转韵。"愚按：容若词与顾梁汾唱和最多，"往往欢娱工，不如忧患作"两语，则容若自道甘苦之言。然容若词幽怨凄黯，其年词高阔雄健，犹之晋侯不能乘郑马，赵将不能用楚兵，两家诣力，固判然若别也。

张德瀛《词徵》，见《词话丛编》第5册

"明月照积雪""大江流日夜""中天悬明月""黄河落日圆"，此种境界，可谓千古壮观。求之于词，惟纳兰容若塞上之作，如《长相思》之"夜深千帐灯"、《如梦令》之"万帐穹庐人醉，星影摇摇欲坠"，差近之。

王国维《人间词话》，见《词话丛编》第5册

纳兰容若以自然之眼观物，以自然之舌言情。此由初入中原，未染汉人风气，故能真切如此。北宋以来，一人而已。

王国维《人间词话》，见《词话丛编》第5册

纳兰容若为国初第一词手……容若承平少年，乌衣公子，天分绝高，适承元明词敝，甚欲推尊斯道，一洗雕虫篆刻之讥。独惜享年不永，力量未充，未能胜起衰之任。其所为词，纯任性

灵，纤云不染，甘受和，白受采，进于沉着浑至何难矣。慨自容若而后，数十年间，词格愈趋愈下。东南操觚之士，往往高语清空，而所得者薄；力求新艳，而其病也尖。微特距两宋若霄壤，甚且为元明之罪人。筝琶竞其繁响，兰荃为之不芳，岂容若所及料者哉。

况周颐《蕙风词话》卷五，见《词话丛编》第5册

容若与顾梁汾交谊甚深，词亦齐名，而梁汾稍不逮容若，论者曰失之脆。

况周颐《蕙风词话》卷五，见《词话丛编》第5册

《饮水词》有云："吹花嚼蕊弄冰弦。"又云："乌丝阑纸娇红篆。"容若短调，轻清婉丽，诚如其自道所云。

况周颐《蕙风词话》卷五，见《词话丛编》第5册

"如鱼饮水，冷暖自知。"道明禅师答庐行者语，见《五灯会元》。纳兰容若诗词命名本此。

况周颐《蕙风词话》卷五，见《词话丛编》第5册

寒酸语，不可作，即愁苦之音，亦以华贵出之，饮水词人，所以为重光后身也。

《蕙风词话附录·夏敬观〈蕙风词话诠评〉》，
见《词话丛编》第5册

纳兰小令，丰神迥绝，学后主未能至，清丽芊绵似易安而已。悼亡诸作，脍炙人口。尤工写塞外荒寒之景，殆扈从时所身历，故言之亲切如此。其慢词则凡近拖沓，远不如其小令，岂词

才所限欤？

蔡嵩云《柯亭词论》，见《词话丛编》第5册

清初词家，尤以纳兰成德为最胜……集中令词妙制极多，而慢词则非擅，偶学苏辛，未脱形迹。周之琦云："容若长调多不协律，小令则格高韵远，极缠绵婉约之致，能使残唐坠绪绝而复续，第其品格，殆叔原、方回之亚。"

王易《词曲史》

人谓其出于《花间》及小山、稼轩，乃仅以词学之渊源与功力言之，至其不朽处，固不在于此也。梁佩兰祭先生文曰："黄金如土，惟义是赴。见才必怜，见贤必慕。生平至性，固结于君亲，举以待人，无事不真。"夫梁氏可谓知先生者矣。先生之待人也以真，其所为词，亦正得一真字，此其所以冠一代排余子也。同时之以词名家者如朱彝尊、陈维崧辈，非皆不工，只是欠一真切耳。

张任政《纳兰性德年谱·自序》

"尝读吕汲公杜诗年谱，首开元辛巳，年已三十，盖晚成者也。李长吉未及三十，已应玉楼之召，若比少陵，则毕生无一诗矣。然破锦囊中，石破天惊，卒于少陵同寿，千百年大名之垂，彭殇一也。犹昙之花，刹那一现。灵椿之树，八千岁为春秋。岂计修短哉。"此成容若书《昌谷集》后语也。容若较昌谷多四岁耳。其《侧帽》《饮水》之篇，在当时已有"井水吃处，无不争唱"。今又百六七十年，倚声家直耸为李煜后一人，虽阳春、小山不能到，其书昌谷殆若自道，岂非谶哉。咸丰己未，腊月读此集一过，漫书其后，邵亭臯叟。（见北平图书馆藏莫友芝旧藏

《通志堂集》）

张任政《纳兰性德年谱·丛录》

陈聂恒《栩园词弃》录顾梁汾书云：“国初辇毂诸公，尊前酒边，借长短句以吐其胸中。始而微有寄托，久则务为谐畅。香严、仙圃领袖一时。惟时戴笠故交，担簦才子，并与游宴之席，各传唱和之篇。而吴越操觚家，闻风竞起，选者作者，妍媸杂陈。渔洋之数载广陵，实为斯道总持。二三同学，功亦难泯。最后吾友容若，其门第才华，直越晏小山而上之。欲尽海内词人，毕出其奇。远方骎骎，颇有应者。而天夺之年，未几辄风流云散。渔洋复位高望众，绝口不谈。于是向之言词者，悉去而言诗古文辞。回视《花间》《草堂》，顿如雕虫之见耻于壮夫哉。虽云盛极必衰，风会使然，然亦颇怪习俗移人，凉燠之态，侵淫而入于风雅，可为太息。”

张任政《纳兰性德年谱·丛录》

丁药园澎曰：“容若填词，有《饮水》《侧帽》二本，大约于尊前马上得之。读之如名葩美锦，郁然而新。又如太液波澄，明星皎洁。宋初周待制领大晟乐府，比切声调十二律，柳屯田增至二百余阕，然亦有昧于音节，如苏长公，犹不免铁绰板之讥。今容若以侍卫能文，少年科第，间为诗余，其工于律吕如此，惜乎不能永年，悲夫！”

张任政《纳兰性德年谱·丛录》

聂晋人曰：“容若为相国才子，少工填词，香艳中更觉清新，婉丽处又极俊逸，真所谓笔花四照，一字动移不得者也。惜乎早赴修文，所谓‘天雨粟，鬼夜哭’果有之耶?”

张任政《纳兰性德年谱·丛录》

梁任公《渌水亭杂识跋》："容若小词，直追李主。"（《饮冰室文集》卷七十七）

张任政《纳兰性德年谱·丛录》

容若小令，凄惋不可卒读。顾梁汾、陈其年皆低首交称之。究其所诣，洵足追美南唐二主。清初小令之工，无有过于容若者矣。同时佟世南有《东白堂词》，较容若略逊。而意境之深厚，措词之显豁，亦可与容若相埒。然如《临江仙·寒柳》《天仙子·渌水亭秋夜》《酒泉子·荼蘼谢后作》，非容若不能作也。又《菩萨蛮》云："杨柳又如丝，故园春尽时。"凄惋闲丽，较驿桥春雨更进一层。或谓容若是李煜转生，殆专论其词也。承平宿卫，又得通儒为师，蒐辑旧刻，刊布艺林，其志向自足千古，岂独琢词之工已哉。

吴梅《词学通论》

成容若雍荣华贵，而吐属哀怨欲绝，论者以为重光后身，似不为过。

唐圭璋《词学论丛·成容若〈渔歌子〉》

纳兰性德传记资料

《清史稿·文苑一》

性德，纳喇氏，初名成德，以避皇太子允礽嫌名改，字容若，满洲正黄旗人，明珠子也。性德事亲孝，侍疾衣不解带，颜色黧黑，疾愈乃复。数岁即习骑射，稍长工文翰。康熙十四年成进士，年十六。圣祖以其世家子，授三等侍卫，再迁至一等。令赋《乾清门》应制诗，译御制《松赋》，皆称旨。俄疾作，上将出塞避暑，遣中官将御医视疾，命以疾增减告。遽卒，年止三十一。尝奉使塞外有宣抚，卒后，受抚诸部款塞。上自行在遣中官祭告，其眷睐如是。

性德乡试出徐乾学门。与从研讨学术，尝裒刻宋、元人说经诸书，徐为之序，以自撰《礼记陈氏集说补正》附焉，合为《通志堂经解》。性德善诗，尤长倚声。遍涉南唐、北宋诸家，穷极要眇。所著《饮水》《侧帽》二集，清新秀隽，自然超逸。尝读赵松雪自写照诗有感，即绘小像，仿其衣冠。坐客期许过当，弗应也。乾学谓之曰：“尔何似王逸少！”则大喜。好宾礼士大夫，与严绳孙、顾贞观、陈维崧、姜宸英诸人游。贞观友吴江吴兆骞坐科场狱戍宁古塔，赋《金缕曲》二篇寄焉。性德读之叹曰：“山阳《思旧》，都尉《河梁》，并此而三矣！”贞观因力请为兆骞谋，得释还，士尤称之。

……清世工词者，往往以诗文兼擅，独性德为专长，仁和谭献尝谓为词人之词。性德后，又得项鸿祚、蒋春霖三家鼎立。

《清史列传》卷七十一

性德，原名成德，字容若，纳兰氏，满洲正黄旗人。康熙十五年进士，授乾清门侍卫。少从姜宸英游，喜为古文辞。乡试出徐乾学之门，遂授业焉。善诗，其诗飘忽要眇，绝句近韩猴。尤工于词，所作《饮水》《侧帽》词，当时传写，遍于村校邮壁。生平淡于荣利，书史外无他好。爱才喜客，所与游皆一时名士。晚更笃意经史，嘱友人秦松龄、朱彝尊购求宋元诸家经解。后启于乾学，得钞本一百四十种，晓夜穷研，学益进。尝延友人陆元辅合订删补《大易集议萃言》八十卷、《陈氏礼记集说补正》三十八卷。又刻《通志堂九经解》一千八百余卷，皆有功后学。精鉴藏。书学褚河南，见称于时。尝奉使觇梭龙诸羌。二十四年卒，年三十一。殁后旬日，适诸羌输款，上时避暑关外，遣中使拊其几筵哭而告之，以其尝有劳于是役也。著有《通志堂诗集》五卷、词四卷、文五卷、《渌水亭杂识》四卷，又有《全唐诗选》《词韵正略》。

徐乾学《通议大夫一等侍卫进士纳兰君墓志铭》

（康熙刻本《通志堂集·附录》）

呜呼！始容若之丧，而余哭之恸也。今其弃余也数月矣。余每一念至，未尝不悲来填膺也。呜呼！岂直师友情乎哉。余阅世将老矣，从我游者亦众矣，如容若之天姿之纯粹、识见之高明、学问之淹通、才力之强敏，殆未有过之者也。天不假之年，余固抱丧予之痛。而闻其丧者，识与不识，皆哀而出涕也，又何以得此于人哉？太傅公失其爱子，至今每退朝，望子舍必哭，哭已，皇皇焉如冀其复者，亦岂寻常父子之情也。至尊每为太傅劝节哀，太傅愈益悲不自胜。余闲过相慰，则执余手而泣曰：惟君知我子，惠邀君言，以掩诸幽，使我子虽死犹生也。余奚忍以不文为辞。顾余之知容若，自壬子秋榜后始，迄今十三四年耳。后容若入侍中，禁廷严密，其言论梗概，有非外臣所得而知者，太傅属痛悼，未能殚述。则是余之所得而言者，其于容若之生平，又不过十之二三而已。呜呼！是重可悲也。

容若，姓纳兰氏，初名成德，后避东宫嫌名，改曰性德。年十七补诸生，贡入太学，余弟立斋为祭酒，深器重之，谓余曰：司马公贤子非常人也。明年，余忝主司，宴于京兆府，偕诸举人青袍拜堂下，举止闲雅。越三日，谒余邸舍，谈经史源委及文体正变，老师宿儒有所不及。明年，会试中式，将廷对，患寒疾。太傅曰：吾子年少，其少俟之。于是益肆力经济之学，熟读通鉴及古人文辞。三年而学大成。岁丙辰，应殿试，条对凯切，书法遒逸，读卷执事各官咸叹异焉。名在二甲，赐进士出身。闭门扫轨，萧然若寒素。客或诣者，辄避匿。拥书数千卷，弹琴咏诗自娱悦而已。未几，太傅入秉钧。容若选受三等侍卫，出入扈从，服劳惟谨。上眷注异于他侍卫。久之，晋二等，寻晋一等。上之幸海子、沙河，及西山、汤泉，及畿辅、五台、口外、盛京、乌剌，及登东岳，幸阙里，省江南，未尝不从。先后赐金牌、彩缎、上尊、御馔、袍帽、鞍马、弧矢、字帖、佩刀、香扇之属甚夥。是岁，万寿节，上亲书唐贾至《早朝》七言律赐之。月余，令赋《乾清门》应制诗，译御制《松赋》，皆称旨。于是外庭佥言上知其有文武才，非久且迁擢矣。呜呼！孰意其七日不汗死也。容若既得疾，上使中官侍卫及御医，日数辈络绎至第诊治。

于是，上将出关避暑，命以疾增减报，日再三、疾亟，亲处方药赐之，未及进而殁。上为之震悼，中使赐奠，恤典有加焉。容若尝奉使觇梭龙诸羌，其殁后旬日，适诸羌输款，上于行在遣宫使拊其几筵哭而告之，以其尝有劳于是役也。于此亦足以知上所以属任之者非一日矣。

呜呼！容若之当官任职，其事可得而纪者止于是矣。余滋以其孝友忠顺之性，殷勤固结，书所不能尽之言，言所不能传之意，虽若可仿佛其一二，而终莫能而悉也，为可惜也。容若性至孝，太傅尝偶恙，日侍左右，衣不解带，颜色黝黑，及愈乃复初。太傅及夫人加餐，辄色喜，以告所亲。友爱幼弟，弟或出，必遣亲近兼仆护之，反必往视，以为常。其在上前，进反曲折有常度，性耐劳苦，严寒执热，直庐顿次，不敢乞休沐自逸。类非绮襦纨绔者所能堪也。

自幼聪敏，读书一再过即不忘。善为诗，在童子已出句惊人，久之益工。得开元、大历间丰格。尤喜为词，自唐五代以来诸名家词皆有选本。以洪武韵改并联属，名《词韵正略》。所著《侧帽》集，后更名《饮水》集者，皆词也。好观北宋之作，不喜南渡诸家。而清新秀隽，自然超逸。海内名为词者皆归之。他论著尚多，其书法摹褚河南，临本《禊帖》，间出于《黄庭内景经》。当入对殿廷，数千言立就。点面落纸，无一笔非古人者。荐绅以不得上第入词馆为容若叹息。及被恩命，引而置之珥貂之行，而后知上之所以造就之者，别有在也。容若数岁即善骑射，自在环卫，益便习，发无不中。其扈跸时，雕弓书卷，错杂左右。日则校猎，夜必读书，书声与他人鼾声相和。间以意制器，多巧翱所不能。于书画评鉴最精。其料事屡中，不肯轻为人谋，谋必竭其肺腑。尝读赵松雪自写照诗有感，即绘小像，仿其衣冠，坐客或期许过当，弗应也。余谓之曰："尔何酷类王逸少！"

容若心独喜。所论古时人物，尝言王茂弘阑阇阑阇，心术难问，娄师德唾面自干，大无廉耻。其识见多此类。间尝与之言往圣昔贤修身立行，及于民物之大端，前代兴亡理乱所在，未尝不慨然以思。读书至古今家国之故，忧危明盛，持盈守谦，格人先正之遗戒，有动于中，未尝不形于色也。呜呼！岂非大雅之所谓亦世克生者耶，而竟止于斯也，夫岂徒吾党之不幸哉。君之先世，有叶赫之地，自明初内附中国。讳星恳达尔汉，君始祖也。六传至讳养汲弩，君高祖考也。有子三人，第三子讳金台什，君曾祖考也。女弟为太祖高皇帝后，生太宗文皇帝。太祖高皇帝举大事，而叶赫为明外捍，数遣使谕，不听，因加兵克叶赫，金台什死焉。卒以旧恩，存其世祀。其次子即今太傅公之考，讳倪迓韩，君祖考也。君太傅之长子，母觉罗氏，一品夫人。渊源令绪，本崇积厚，发闻滋大，若不可圉。配卢氏，两广总督、兵部尚书、都察院副都御史兴祖之女，赠淑人，先君卒。继室官氏，某官某之女，封淑人。男子子二人，福哥。女子子一人，皆幼。君生于顺治十一年十二月，卒于康熙二十四年五月己丑，年三十有一。君所交游，皆一时俊异，于世所称落落难合者。若无锡严绳孙、顾贞观、秦松龄、宜兴陈维崧、慈溪姜宸英尤所契厚。吴江吴兆骞久徙绝塞，君闻其才名，赎而还之。坎坷失职之士走京师，生馆死葬，于赀财无所计惜。以故，君之丧，哭之者皆出涕。为哀挽之词者数十百人，有生平未识面者。其于余绸缪笃挚，数年之中，殆日以余之休戚为休戚也。故余之痛尤深，既为诗以哭之，应太傅之命，而又为之铭。其葬盖未有日也。铭曰：

天实生才，蕴崇胚胎。将象贤而奕世也。而靳与之年，谓之何哉。使功绪不显于旂常，德泽不究于黎庶，岂其有物焉为之灾。惟其所树立，亦足以不死矣，而亦又奚哀。

徐乾学《通议大夫一等侍卫进士纳兰君神道碑文》

（康熙刻本《通志堂集·附录》）

侍卫纳兰君容若之既葬，太傅公复泣而谓余曰：吾子之丧，君既铭而掩诸幽矣，余犹惧吾子之名传之弗远也，揭而表诸道，庶其不磨，然非君无与属者。余固辞不可。在昔蔡中郎为人作志铭，复为之庙碑者不一而足；韩退之于王常侍弘中厚也，既志其墓，又为隧道之碑，情至无已也。况余于容若师弟谊尤笃，是于法为得碑，于古为无戾，乃更撰次其辞以复于太傅。惟纳兰氏旧著姓为金三十一姓之一，望载图史，代产英隽。君始祖讳星恳达尔汉，据有叶赫之地二百余年，中国所谓北关者也。数传至高祖考讳养汲弩、曾祖考讳金台什。女弟作嫔太祖高皇帝，实生太宗文皇帝。而叶赫世附中国，当国家之兴，东事方殷，甘与俱烬。太宗悯焉，乃厚植我宗，俾续其世祀，以及其次子讳倪迓韩者则太傅之父，而君之祖考也。太傅娶觉罗氏一品夫人，生君于京师。钟灵储祉，既丰且固。君自髫龀，性异恒儿，背讽经史，常若夙习。十七补诸生，贡太学有声，十八登贤书，十九举礼部试。越三年，廷对，敷事析理，谙熟出老宿儒上。结字端劲，合古法，诸公嗟叹。天子用嘉，成二甲进士。未几授以三等侍卫之职，盖欲置诸左右，成就其器而用之。而上所巡幸南北数千里外，登岱幸鲁，君常佩刀鞬随从，虔恭祗栗。每导行在上前骑前却视恒不失尺寸，遇事劳苦必以身先，不避艰险退缩。上心怜之，其前后赉予重叠视他侍卫特过渥已，进一等侍卫。值万寿节，上亲御笔书唐贾至《早朝》诗赐之。后月余，令赋诗献，又

令译御制《松赋》，皆称善久之。然君自以蒙恩侍从无所展效，辄欲得一官自试。会上亦有意将大用之，人皆为君喜。忽以去年五月晦得寒疾卒，卒之日，人皆哀君，而又以才不竟用死为君深惜云。君自少无子弟过，天性孝友，黎明起趋太傅夫人所问安否，朝退复然。友爱二幼弟，与之嬉游，同其嗜好，恰恰庭闱间，日以至夜，暇则扫地读书。执友四五人，考订经史，谈说古今，吟咏继作，精工乐府，时谓远轶秦柳，所刻《饮水》《侧帽》词传写遍于村校邮壁，海内文士竞所摹仿。然君不以为意，客来上谒，非其愿交屏不肯一觌面，尤不喜接软热人，所相知心，款款吐心腑，倒困囊与为酬酢不厌，或问以世事，则不答，间杂以他语，人谓其缜密，不知其襟怀雅旷固如是也。当君始得疾，上命医数辈来，及卒，上在行宫，闻之震悼。后梭龙诸羌降，命宫使就几筵哭告之，以君前年奉使功故。君有文武才，每从猎射，鸟兽必命中，卒有成功于西方亦不为无所表见。殁时年仅三十有一。余既序而又系之以辞曰：

绵绵祚氏，著于上京。巍巍封国，叶赫是营。惟叶赫之祀，施于孙子。既绝复完，天子之恩。笃生相国，补衮是职。蓄久而丰，发为文章。宜其黼黻，为帝衣裳。帝谓汝才，爰置左右。出入陪从，刀鞬笔橐。匪朝伊夕，自天子所。亦文亦武，惟天子是使。生于膏腴，不有厥家。被服儒士，古也吾徒。何才之盛而德之静。我勒其封，谁曰不永。

姜宸英《通议大夫一等侍卫进士纳兰君墓表》

（光绪勿自欺斋刊《姜先生全集》卷十八）

君姓纳腊氏。其先据有叶赫之地，所谓北关者也。父今大学士、宫傅公；母一品夫人，觉罗氏。君初名成德，字容若，后避东宫嫌名，改名性德。以今年乙丑五月晦卒。卒而朝之士大夫及四方知名士之游于京师者，皆为君叹息泣下。其哀君者，无问识不识，而与君不相闻者，常十之六七。然皆以当今失君为可惜，则君之贤以才可知矣。君年十八九联举礼部，当康熙之癸丑岁。未几也，予与相见于其座主东海阁学士邸，而是时君自分齿少，不愿仕，退而学经读史，旁治诗歌古文词。又三年，对策则大工。时皆谓当得上第，而今上重器君，不欲出之外廷，置名二甲，久之，授三等侍卫，再迁至一等。自上所巡幸西苑、南海子、沙河及登医巫闾山，东出阁至乌喇，南巡上泰岱，过祀阙里，渡江以临吴会，君鲜不左櫜鞬右櫜笔以从。遇上射猎，兽起于前，以属君，发辄命中，惊其老宿将。所得白金绮绣、中衣袍帽、法帖佩刀、名马香扇之赐，前后委属。间令赋诗，奉诏即奏稿，上每称善。二十一年八月，使觇唆龙羌。其地去京师重五六十驿，间行或累日无水草，持干粮食之。取道松花江，人马行冰上竟日，危得渡。仅抵其界，卒得其要领还报，上大喜。君虽跋涉艰险，归时从奚囊倾方寸札出之，叠数十纸，细行书，皆填词若诗，略记其风土方物。虽形色枯槁不自知，反遍示客，资笑乐。性雅好读书。日黎明间省毕，即骑马出，入直周庐，率至暮，虽大寒暑，还坐一榻上翻书观之，神止闲定，若无事者。诗

萧闲冲淡，得唐人之旨，然喜为长短句特甚。尝言："诗家自汉魏以来，作者代起，姓氏多澌灭。填词滥觞于唐人，极盛于宋，其名家者不能以十数，吾为之易工，工而传之易久。而自南渡以后弗论也。"其于词，小令取唐五代，宗晏氏父子；长调则推周、秦及稼轩诸家。以为其章法转换、顿挫离合之妙，正与文家散行体何异，而世故薄之，何耶？故即第左葺茅为庐，常居之，自题曰"花间草堂"。视其凝思惨淡，终合天巧，真若有自得之趣者。今年五月辛巳，君将从驾出关，连促予入城。中夜酒酣，谓予曰："吾行从子究竟班马事矣，子谓我何如？"予笑曰："顷闻君论词之法，将无优为之耶？"是时，窃视君意锐甚。明日予出城，君固留，愿至晚。予不可。送予及门，曰："吾此行以八月归，当偕数子为文字之游。如某某者，不可以无与，君宜为我遍致之。"先是万寿节，上亲书唐贾至《早朝》诗赐君；月余，令赋《乾清门应制》诗及译御制《松赋》，皆称旨。于是复挈予手曰："吾倘蒙恩得量移一官，可并力斯事，与公等角一日之长矣。"意郑重若不忍别者。然不幸以明日得疾，七日，遂不起。年止三十一。以君之才与志，使假之天年，古人不难到。其终于此，命也。居闲素缜密，与人交，遇意所不欲，百方请之不可得谒。及其所乐就，虽以予之狂，终日叫号慢侮于其侧，而不予怪。盖知予之失志不偶，而嫉时愤俗特甚也。然时亦以此规予，予辄愧之。君视门阀贵盛，屏远权速，所言经史外绝不及时政。所接一二寒生罢吏而外，少见士大夫。事两亲，退食必在左右。遇公事必虔，不避劳苦。尝司天闲牧政，马大蕃息。侍上西苑，上仓卒有所指挥，君奋身为僚友先。上叹曰："此富贵家儿，乃能尔耶！"其感激主恩深厚，思所图报，日不去口。然视文章之士，较长稗短，放浪山水，跌宕诗酒，而无所羁束，常恨不得身与其间，一似以贫贱为可乐者。于世事如不经意，时时独处深念，则又愁然抱无穷之思。人问之，不答。以此竟死，其施不得见，其志未就也。而吾辈所区区欲为君不朽之传者，亦止于此而已。悲夫！君始病，朝廷遣医络绎，命刻时以状报。及死数日，唆龙外羌款书至。上时出关，即遣宫使就几筵哭而告之，以前奉使功也。赙恤之典，皆溢常格。呜呼！君臣之际，生死之间，其可感也已。君所辑有《词韵正略》《全唐诗选》，著诗若干卷；有集名《侧帽》《饮水》者，皆词也。书行楷遒丽，得晋人法。娶卢氏，继官氏。其中外世系，详载阁学所撰墓志铭及顾舍人辈华峰所次行述。副室以某氏。生子二人，女子一人。子长曰福哥，次某。